Frau Honig und die Geheimnisse im Kirschbaum

Weitere Titel von Sabine Bohlmann:

Und plötzlich war Frau Honig da

Frau Honig und das Glück der kleinen Dinge

Frau Honig – Wenn der Wind weht

Frau Honig und die Magie der Worte

Frau Honig und die Schule der Fantasie

Das Leben ist (k)ein Wunschkonzert

Wie ich Fräulein Luise entführte und mit ihr eine geheime Reise unternahm

Die wundersamen Kinder des Herrn Tatu

Ein Mädchen namens Willow

Ein Mädchen namens Willow – Waldgeflüster

Ein Mädchen namens Willow – Flügelrauschen

Mehr über unsere Bücher, Autor:innen und Illustrator:innen unter:
www.thienemann.de

Sabine Bohlmann

Frau Honig

UND DIE GEHEIMNISSE IM KIRSCHBAUM

PLANET!

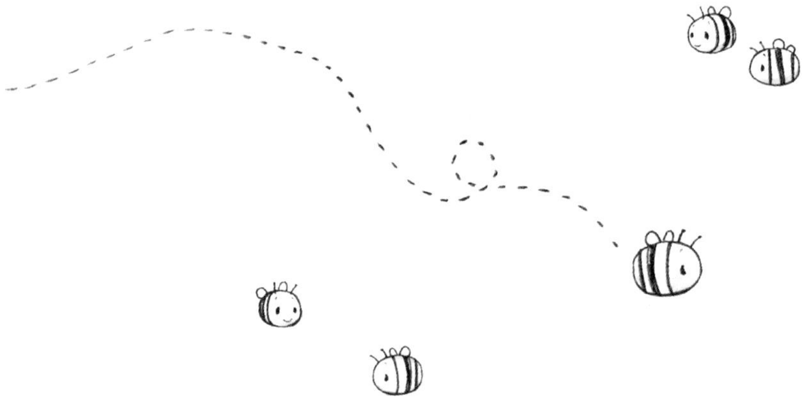

Nein, eine Leseratte war ich nicht. Auch kein Bücherwurm. Ich las hin und wieder und meine Lieblingsbücher las ich auch mehrmals. *Der geheime Garten, Die kleine Prinzessin, Fünf Freunde*. Mit neun schrieb ich mein erstes Buch, na ja, zumindest die ersten drei Seiten meines ersten Buches. Gleich danach ein Theaterstück und brachte es sogar zur Aufführung. Ich liebe den Geruch von Büchern und einmal ging ich in eine riesige alte Bibliothek und musste weinen, weil die vielen Bücher mein Herz berührten. Ich hoffe, die Bücher, die für mich geschrieben sind, werden mich finden. Und genau so sehr hoffe ich, dass dieses Buch hier euch finden wird.

Eure

www.sabinebohlmann.de

Frau Honigs Anleitung für bienenstarke Belohnungssticker

Bevor es mit der Geschichte losgeht, möchte ich dir schnell erklären, was es mit den Bienchenstickern auf sich hat, die du in der Mitte des Buches finden kannst:

Wenn du ein Kapitel gelesen hast, darfst du dir jeweils ein Bienchen nehmen und auf eine der hübschen bunten Blumen am Ende des Buches kleben. Sobald jedes Bienchen sein Blümchen gefunden hat, hast du das Buch fertig gelesen.

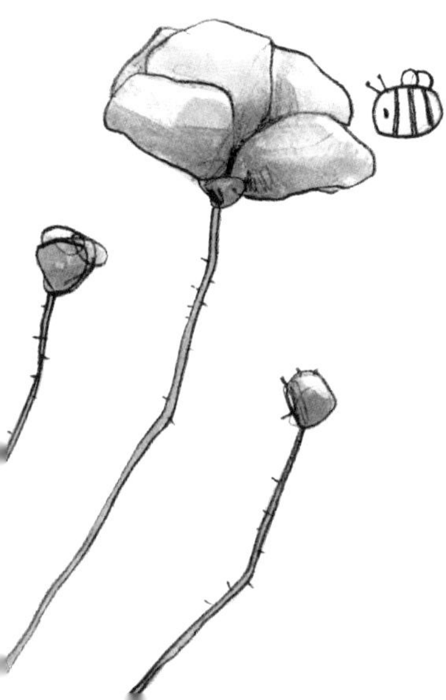

Kirschenbaumtage

»**Kirschbaum-*was?*** Kirschbaum*weg*, Kirschbaum*straße*, Kirschbaum*allee*? Hier steht nur *Kirschbaum*. Aber Kirschbaum ist doch **keine Adresse!**« Frau Honig sah sich suchend um. Auch die Biene, die sie begleitet hatte, flog aufgeregt **SUMMEND** um ihren Kopf. Frau Honig schien das jedoch nicht zu stören. Sie hatte den Koffer und den Korb abgestellt und starrte auf eine Liste, die sie aus der Tasche ihres **gelben Mantels** gezogen hatte. Stirnrunzelnd las sie noch einmal, was darauf stand. Sie seufzte. »**Kirschbaum**, hier steht es schwarz auf weiß!«

Da fiel ihr Blick auf einen großen Baum. Ein Baum mit **dicken** kirschroten, na ja, was schon? **Kirschen**.

Der Baum stand in der Mitte einer **kreisrunden Wiese**, um die herum sich ein gemütliches Häuschen neben das andere reihte. Es hatte den Anschein, als würde der Kirschbaum seine **Äste wie Arme** nach jedem Haus ausstrecken.

»**Hmpf!**«, machte Frau Honig, dann bemerkte sie, dass die Biene aufgehört hatte, um ihren Kopf **herumzufliegen**. Sie verharrte in der Luft, dabei bewegte sie die Flügel so schnell, dass man diese fast nicht mehr erkennen konnte. Sie guckte ebenfalls zum **Kirschbaum** hinüber.

»**Du meinst also auch ...?**«, fragte Frau Honig und ging ein paar Schritte auf den Baum zu. Dann legte sie den Kopf in den Nacken und sah nach oben in die Äste. Jetzt bemerkte sie die Schnur, an der ein Korb mit einer **kleinen goldenen Glocke** befestigt war.

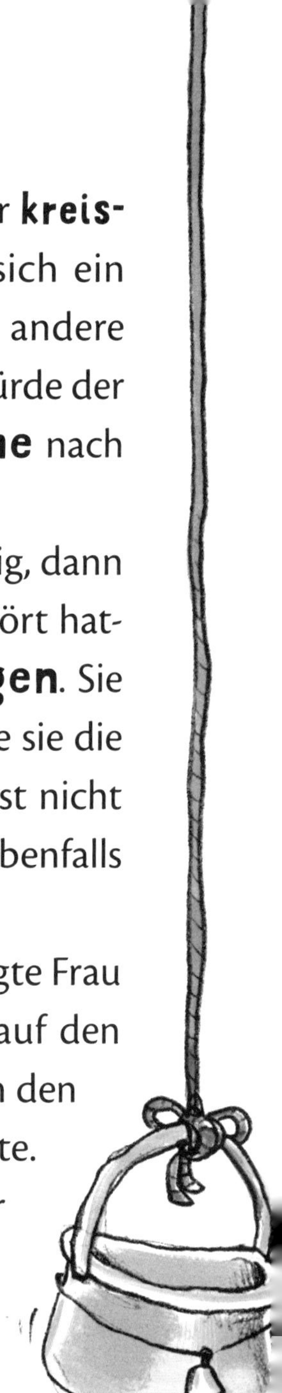

»Dann wollen wir doch mal **klingeln**. Vielleicht ist ja jemand zu Hause!«, sagte Frau Honig zur Biene und streckte ihre Hand nach dem **Glöckchen** aus.

»Klingeling, klingeling!« Frau Honigs Stimmung hellte sich bei diesem **fröhlichen Gebimmel** sofort auf. Schließlich strahlte sie über das ganze Gesicht.

»**Noch mal!**«, flüsterte sie sich selbst zu und bewegte das **Glöckchen** erneut hin und her.

»Klingeling, klingeling!«

»Das könnte ich den ganzen Tag tun!«, sagte Frau Honig fröhlich. »Klingeling, klingeling!«, machte es noch einmal.

»Und ist es nicht so …«, fragte sie die Biene, »jedes Mal, wenn ein Glöckchen klingelt, wird **ein Bienchen geboren?** Warte, ich werde dafür sorgen, dass gleich **ein ganzer Bienen-**

stock geboren wird!« Verschmitzt zwinkerte sie der Biene zu und **klingelte**, was das Zeug hielt.

»Klingeling, klingeling, klingeling, klingeling …«

Doch mitten im schönsten Klingeling wurde der Korb mitsamt **Glöckchen** plötzlich nach oben gezogen. Dann erschien ein Kopf. Braune Haare hingen Richtung Boden. Es war ein Kind. **Ein Mädchen**. Es guckte **kopfüber** aus den Zweigen.

Frau Honig betrachtete es ein Weilchen, dann lächelte sie. »Ach, da ist ja doch jemand zu Hause. Ich hatte mich gerade erst so richtig **eingeklingelt**!«

Das Mädchen verschränkte die Arme vor der Brust. Mit den Beinen hatte es sich wohl oben an einem Ast eingehakt.

»Wer von uns beiden ist eigentlich **verkehrt**

rum?«, fragte Frau Honig und lachte. »**Du oder ich?** Das kann man nämlich nie genau sagen, musst du wissen, weil es immer auf das Auge des Betrachters ankommt. Wusstest du, dass **Fledermäuse** behaupten, kopfüber wäre die **einzig wahre Richtung?**« Das Mädchen blieb stumm. Frau Honig streckte der Kleinen die Hand entgegen und stellte sich vor. »Honig. **Elsa Honig**. Du musst Emma sein.«

»Woher kennen Sie meinen Namen?«

»Oh und sprechen kannst du auch. Das ist schön und macht einiges leichter. Die **VFFB-DAEBADRL** schickt mich.«

»Wollen Sie mich **vom Baum holen?** Da müssten Sie ihn aber erst umhauen oder mich vom Ast sägen. Oder **raufklettern** und mich runterholen. Aber …« Das Mädchen musterte Frau Honig von oben bis unten oder besser gesagt von unten bis oben, denn sie hing ja **verkehrt herum**. Also sah sie die ganze Welt und somit auch die ganze Frau Honig ebenfalls verkehrt herum. »... aber Sie sehen nicht so aus, als könnten Sie **auf Bäume klettern!**«

»Da kennst du mich aber **schlecht**, kleine Emma. Das liegt sicher daran, dass du mich ja auch **noch nicht kennen kannst**, nicht mal schlecht, denn du kennst mich im Grunde ja **noch gar nicht**. Man sollte die Leute immer erst kennenlernen, bevor man falsche Schlüsse zieht.«

»Also? **Was wollen Sie?**«, fragte Emma und verdrehte die Augen zum Himmel. Oder besser gesagt zum Boden.

»Ich bin **dein neues KINDERMÄDCHEN**«, flötete Frau Honig und lächelte Emma an.

»Ich brauche **kein Kindermädchen!**«

»Möchtest du mich nicht erst einmal hereinbitten? In deinen ... **KIRSCHBAUM?** Dann können wir uns kennenlernen und alles besprechen«, meinte Frau Honig unbeirrt.

»Dazu müssen Sie es erst mal schaffen, **raufzuklettern**«, sagte Emma frech, und schon war ihr Kopf wieder in den dichten Blättern verschwunden.

»Das klingt nach einer **Einladung!**« Frau Honig war zufrieden. Dann blickte sie erneut den Baumstamm entlang nach oben. Sie atmete tief durch. »Nicht gerade der leichteste **Kletterbaum**. Aber wenn man erst mal den Stamm erklommen hat, wird es besser. Die oberen Äste dürften **ein Kinderspiel** sein.« Sie legte den Koffer flach vor sich auf den Boden und stieg darauf, den Korb in der Hand. Kerzengerade stand sie da.

»**Erster Stock bitte!**«, bat sie den **Fahrstuhlkoffer** freundlich. Der setzte sich auch genau wie ein Fahrstuhl langsam in Bewegung und fuhr Frau Honig nach oben.

Als sie durch die ersten Äste kam, starrte ihr Emma **mit offenem Mund** entgegen.

Doch Frau Honig ging gar nicht auf sie ein. Sie stieg elegant in die Astgabel, stellte ihren Korb neben sich ab und zog den Koffer durch die Zweige. Sie sah sich um. »**Schön hast du es hier**. Das muss ich schon sagen.«

»Es ist **mein Baum!**«, grummelte Emma unfreundlich.

»Oh, **entschuldige**. Das wusste ich nicht. Da stand kein Name drauf. Nicht mal ein Klingelschild hab ich entdeckt.«

Emma verdrehte die Augen, diesmal wirklich zum Himmel.

»Zum Glück ist der Baum aber **groß genug** für uns beide«, fügte das Kindermädchen fröhlich hinzu.

»**SIE WOLLEN HIER WOHNEN?** In meinem Kirschbaum?«, fragte Emma entrüstet und blinzelte Frau Honig mit großen Augen an.

»Das geht *nicht!*«

»Aber du wohnst doch auch hier, Emma. Also scheint es wohl zu gehen.«

»Ja, für mich schon, aber Sie sind erwachsen. **Erwachsene wohnen nicht auf Bäumen**.«

Frau Honig prustete vor Empörung. »**Wer behauptet denn so was?** Und **wo bitte schön steht das?** Ist es für Erwachsene **verboten?** Davon habe ich noch nie gehört, und das heißt was, denn ich habe schon viel gehört in meinem Leben, liebe Emma.« Wieder sah sich Frau Honig um. »Ich denke, **es wird wunderbar** werden. In einem **KIRSCHBAUM** hab ich noch nie gewohnt. Auch nicht in einem Apfelbaum und jetzt, wo ich darüber nachdenke, noch nicht mal in einem Birnbaum. Nein. Ich habe **überhaupt noch nie** in einem Baum gewohnt.«

»Dann suchen Sie sich einen anderen. **Hier wohne ich!**«

»Wie ich sehe, hast du dir da ein paar Bretter zwischen die Zweige gelegt. Und die **Hänge-**

matte hineingehängt. Das ist hübsch. Der Baum ist so groß, ich könnte die Etage über dir nehmen. **Was meinst du?**« Emma zuckte genervt mit den Schultern. »Ist das ein **JA?**«

»**Von mir aus**«, brummelte Emma. »Sie werden es sowieso nicht lange hier aushalten!«

»Wie gesagt, du hast mich noch nicht kennengelernt. **Ich halte es überall aus. Überall**, wo ich **gebraucht** werde. Und da halte ich es so lange aus, bis ich nicht mehr gebraucht werde!«

»Dann können Sie gleich wieder gehen, weil Sie hier nämlich nicht gebraucht werden.«

Frau Honig studierte **ihre Liste**. »Hier steht aber etwas ganz anderes. Und die **listige Liste der Listen**, die spricht immer die **Wahrheit**.«

Emma kniff misstrauisch ihre Augen zusammen.

Frau Honig überging dies, griff nach ihrem Koffer und ihrem Korb und stieg, als wäre es eine Treppe, von Ast zu Ast eine Etage höher.

»Oh, die Aussicht ist **herrlich**, Emma. Und überall diese **prachtvollen Kirschen**. Ich bin entzückt!«, säuselte Frau Honig von oben.

Emma schüttelte den Kopf. Sie saß auf ihren Brettern und nahm sich vor, dieser Frau Honig **keine Beachtung** mehr zu schenken. Aber über ihr bewegten sich die Zweige, sie hörte Frau Honig SUMMEN und **singen** und sie hörte die Schnallen des Koffers aufspringen. Dann noch mal Schnallen und noch welche, und es klang nun fast, als hätte diese seltsame Frau **einen ganzen Kofferhaufen** dabei. Schließlich siegte die Neugier.

Vorsichtig kletterte Emma ein paar Äste weiter hinauf. Als sie den Kopf durch die dichten Zweige der nächsten Baumetage streckte, blieb ihr der Mund **vor Staunen** offen stehen.

Frau Honig hatte im Nu eine Art **Baumhaus**

aus Koffern gebaut. Der größte Koffer bildete aufgeklappt das **Dach**. Ein anderer Koffer sah aus wie **ein Sofa oder ein Sessel**. Statt Brettern hatte Frau Honig Koffer unter sich, die zwischen den Ästen und in den Astgabeln lagen und äußerst stabil wirkten. Einige **honiggelbe Schirme** waren aufgespannt in die Äste gehängt worden.

»Falls es regnet!«, erklärte Frau Honig, als sie **die neugierigen Blicke** von Emma bemerkte.

Eine Tasse und eine Teekanne hingen an Schnüren an einem Ast. Und an einem weiteren hatte Frau Honig neben einem Vogelhaus eine **Kuckucksuhr** angebracht. Emma zuckte erschrocken zusammen, als genau in diesem Augenblick die Tür über der kleinen Uhr aufging und ein **KUCKUCK** herauskam. Doch dieser blieb nicht, wie für **KUCKUCKE** aus **Kuckucksuhren** üblich, dort sitzen und begnügte sich damit, die Uhrzeit zu verkünden. Dieser **KUCKUCK** spreizte seine Flügel und flog einmal im Kreis herum. Dabei rief er:

KUCKUCK! KUCKUCK!

Aus dem Vogelhaus nebenan streckte daraufhin **eine kleine Meise** erschrocken ihr Köpfchen aus dem Loch. Sie beobachtete den **Kuckuck** staunend bei seinem Rundflug. Der grüßte höflich, doch die Meise schüttelte verärgert den Kopf und zog sich wieder zurück. Dann verschwand der **Kuckuck** ebenfalls in seinem Haus.

»Das ist **CARUSO!**«, erklärte Frau Honig. »Ich denke, es wird ihm hier gefallen.« Emma erwiderte nichts. Und Frau Honig fuhr damit fort, sich weiter einzurichten. Sie öffnete einen **kleineren Koffer**, der vor ihr stand, und holte einen weiteren, noch etwas kleineren heraus. »Es ist sehr praktisch, wenn man mit **leichtem Gepäck** reist«, sagte sie und zog nun noch einen Koffer aus einem anderen. Dann öffnete sie sie nacheinander und nahm alles heraus, was man eben so brauchte, wenn man in einem **Kirschbaum** wohnte. Einen

Eimer, der das Regenwasser einfangen konnte, ein **Handtuch**, ein paar **Kleidungsstücke**, ein paar **Bücher**, die ordentlich nebeneinander auf einen Ast sortiert wurden.

»Ist das nicht wunderbar? Das reinste **Bücherregal!**« Frau Honig klatschte **begeistert** in die Hände. Plötzlich horchte sie auf. Es **SUMMTE** laut. Frau Honig **erschrak**. »Oh, sie sind schon da. Und ich hab die Körbe noch gar nicht vorbereitet! Hilfst du mir schnell dabei, Emma?«

Emma wollte eigentlich **etwas Unfreundliches** erwidern, aber dann kletterte sie doch wortlos hinter Frau Honig her in den dritten Stock des Baumes.

Dort angekommen zog **das Kindermädchen** an einer Schnur. Daran war der Korb befestigt, den sie nun zu sich heraufholte. Und nun besah ihn sich Emma genauer. Es war **kein gewöhnlicher Einkaufs- oder Picknickkorb**. Es handelte sich um **einen Bienenstock**. Vorne gab es eine kleine Öffnung, durch die die Bienen wohl ein und aus fliegen konnten.

»Könntest du bitte die anderen Körbe unten aus diesem hier holen? Die Bienen wollen in **ihre Behausungen** einziehen. Sie warten schon ungeduldig.«

Vorsichtig fasste Emma an die Unterseite des Korbes und **tatsächlich** ließ sich ein weiterer herausziehen. Es war genauso wie mit den Koffern. Man zog und zog und immer kam ein etwas kleinerer Korb zum Vorschein. Schließlich waren es **sechs Stück**.

Frau Honig hängte sie alle an die oberen Äste, wo sie lustig im Wind baumelten und aussahen wie **Lampions**.

»Du hast doch **KEINE ANGST vor Bienen,**

oder, Emma?«, fragte sie das Mädchen und dieses schüttelte den Kopf. Dann steckte Frau Honig zwei Finger in den Mund und **pfiff**.

Jetzt wurde das **SUMMEN** lauter. Und um Emma und Frau Honig flogen die Bienen wie kleine Wolken herum. Emma bewegte sich keinen Millimeter.

»Das machst du gut. Du bist **die geborene Imkerin**, glaub ich!«, lobte Frau Honig das Mädchen.

Mit einem versonnenen Lächeln sah das Kindermädchen zu, wie ein Bienenvolk nach dem anderen in die Körbe einzog.

»Das sind **die Wilden**, das hier **die Ordentlichen**, hier kommen **die Chaotischen**.« Frau Honig lächelte weiterhin selig. »Und hier **die Müden**. Los, ihr **Schnarchnasen**, rein mit euch! Oh, da kommen **die Lustigen**. Die werden dir gefallen. Sind immer für einen **Spaß** zu haben.« Genau in diesem Moment flogen sie um Frau Honigs Kopf herum und bildeten eine **seltsame Bienenperücke**.

Emma musste gegen ihren Willen lachen. Und schon war die Perücke wieder verschwunden und die Bienen hatten sich zu einem **SUMMENDEN Hut** geformt.

»Jetzt aber rein mit euch!«, rief Frau Honig fröhlich und **die lustigen Bienen** folgten und verschwanden mit einem

SSSSSSSSSST

in ihrem Stock. »Fehlen nur noch **die Schüchternen**. Sie sind immer die Letzten, musst du wissen. Und weil sie dich nicht kennen, sind sie erst mal vorsichtig. Na kommt! In einem Kirschbaum haben wir noch nie gewohnt. **Das wird euch gefallen!**«

Und da **SUMMTEN** langsam und vorsichtig ein paar Bienchen um die Ecke. Sie zögerten ein wenig, dann entdeckten sie ihren Stock und verschwanden, so schnell sie konnten, darin.

»**So, alle untergebracht!**«, freute sich Frau Honig.

Emma schien irritiert zu sein. »**Sind Sie echt?**«, fragte Emma mit belegter Stimme. Sie wollte ihren Augen nicht trauen. Es waren einfach zu viele Dinge auf einmal, die sie **noch nie gesehen** hatte und die an **Ungewöhnlichkeit** nicht zu übertreffen waren.

Frau Honig überlegte kurz. Nachdenklich

nahm sie die Hand zum Kinn. »Ich denke schon. Und ich hoffe es auch! **Ich wäre wahnsinnig ungern unecht**.«

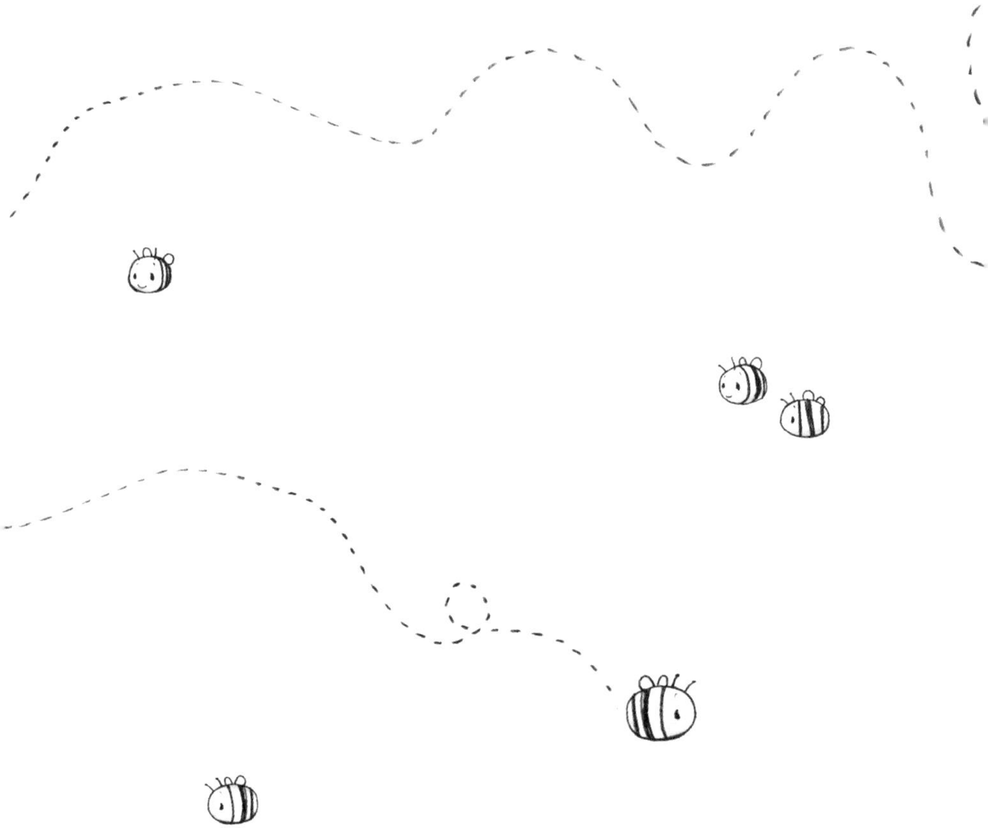

Pfannkuchenangeln

Und so zog Frau Honig in den **Kirschbaum**.

Emma saß wieder im ersten Stock und grummelte vor sich hin, wenn auch etwas leiser als zuvor. Es war ihr gar nicht recht, dass nun auch noch **eine Erwachsene** in ihrem **Kirschbaum** wohnte, selbst wenn es eine so besondere Erwachsene war wie Frau Honig. Sie überlegte, wie sie sie wohl am schnellsten wieder loswerden konnte. Doch da hörte sie **Stimmen** aus dem Haus gegenüber. Emma holte ihr **Fernglas** heraus und richtete es auf das offen stehende Fenster.

»**Was gibt es zu entdecken?**«, fragte Frau Honig und diesmal war es das Kindermädchen, das **KOPFÜBER** aus den Zweigen hing. Das

Mädchen erschrak so sehr, dass ihr das Fernglas fast aus der Hand fiel. »Oh, ich wollte dich **nicht erschrecken**. Eigentlich wollte ich dich nur fragen, ob du Appetit auf **Pfannkuchen** hast? Ich bin nämlich gerade dabei, ein paar für uns **zu angeln**.«

»**Pfannkuchen angeln?**«, fragte Emma verwirrt und schüttelte ungläubig den Kopf.

»Ja, im Nachbargarten wird gerade ein **Berg Pfannkuchen** serviert. Es sind so viele, die kann die Familie gar nicht allein aufessen. Und bevor etwas **übrig bleibt** …«

Emma sah Frau Honig immer noch **ungläubig** an.

»Na los, sie werden sonst kalt. Der West-Ast liegt direkt über dem Gartentisch der Meiers.«

Und in diesem Moment konnte Emma die **Pfannkuchen** riechen. Der Duft stieg zu ihnen empor und

erfüllte den gesamten **KIRSCHBAUM**. Emma schluckte. Dann kletterte sie diesem seltsamen **Kindermädchen** hinterher zum West-Ast.

Und tatsächlich. Genau unter ihnen hatte es sich die Familie Meier gemütlich gemacht. Vater, Mutter und zwei Kinder.

»**Ich mag die nicht!**«, flüsterte Emma Frau Honig zu.

»Warum nicht? Die sind nett. Sie versorgen uns mit **Pfannkuchen**.«

»Sie sind immer so ...«, Emma suchte nach dem richtigen Wort, »... **fröhlich!**«

Frau Honig musste aufpassen, dass sie nicht vor **Überraschung** vom Baum fiel und auf den **Pfannkuchen** landete. Mit großen Augen sah sie Emma an. »Du magst sie nicht, weil sie **fröhlich** sind?« Emma zuckte mit den Schultern. Frau Honig griff nach einem Stock – an einem Ende war eine Schnur befestigt, daran wiederum ein Haken.

»Die sind wie so eine Familie in irgendeiner **Fernsehserie**, die am Anfang immer in die Kamera lächeln und am Ende der Folge laut lachen. Auch dann, wenn es eigentlich **NICHTS zu lachen** gibt.«

»**Ach, so ist das!**«, meinte Frau Honig, doch sie konzentrierte sich bereits aufs Angeln. Sie lag flach auf dem Ast mit der Angel in der Hand.

Familie Meier unterhielt sich angeregt. Es war ein Gespräch über die Kindheit der Eltern. Sie erzählten **lustige Geschichten**.

Emma verdrehte **genervt** die Augen. Doch dann beobachtete sie gespannt, wie Frau Honig die Schnur mit dem Haken hinabließ. **Konzentriert** fuhr sich das Kindermädchen mit der Zunge über die Lippen. Und im richtigen Moment, als gerade **ein Eichhörnchen** auf den Tisch sprang und dann

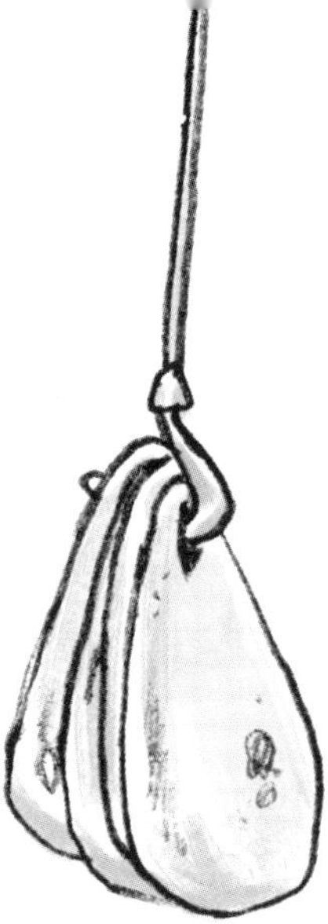

aufgeregt in einer Ecke des Gartens verschwand, ließ sie den Haken auf **DEN BERG PFANNKUCHEN** fallen. Emma sah ihr **staunend** zu.

Die Meiers waren durch das **Eichhörnchen** so abgelenkt, dass niemand auf die **Pfannkuchen** achtete.

Frau Honig konnte **einen kleinen Freudenquieker** nicht unterdrücken.

Vier Pfannkuchen hingen an der Angel und das **Kindermädchen** zog vorsichtig an der Schnur. »**Pfannkuchen-Fisch, frisch vom Tisch!**«, trällerte sie Emma leise zu und reichte dem Mädchen zwei davon. Als sie hineinbeißen wollte, hielt Frau Honig sie zurück. »**Der Honig** fehlt doch noch!« Das Kindermädchen griff in die Manteltasche und zog **ein kleines Glas Honig** heraus. »Das ist **Kornblumenhonig**. Er ist eine **seltene Köstlichkeit**, weil es nicht so viele Kornblumen gibt. Dieser Honig hat einen leicht bitteren Geschmack, der sich **hervorragend** mit den **süßen Pfannkuchen** vertragen wird.«

Familie Meier bemerkte nicht, dass plötzlich **vier Pfannkuchen** weniger auf ihrem Teller lagen – aber waren es überhaupt weniger Pfannkuchen? Sie **plapperten fröhlich** weiter.

Drei Etagen höher ließen sich Frau Honig und Emma die **Pfannkuchen** schmecken. Für Emma waren es **die besten Pfannkuchen**, die sie je gegessen hatte.

»Von hier aus ist der Blick **FAMOS!** Man kann rundherum die Gärten und kleinen Häuser sehen«, meinte Frau Honig **mit vollem Mund**.

»Der Baum steht **sehr praktisch**. Genau in der Mitte all dieser Gärten. Und die Zweige

reichen überallhin. Wir werden **NIE Hunger leiden** müssen. Ich wette, am Samstagabend wird unter dem Süd-Ast gegrillt, und vielleicht im West-Ost-Ast eine leckere Brotzeit eingenommen. Im Nord-Ast …«

»Da wird nicht im Garten gegessen. Die haben **für so was keine Zeit!**«, unterbrach Emma plötzlich. Frau Honig sah das Mädchen überrascht an. »**Die sind SCHLIMM**. Dauernd **SCHREIEN** sie rum und **STREITEN** in einer Tour. Und außerdem sind sie auch noch **Entführer**.«

»Entführer?«

Frau Honig riss ungläubig die Augen auf.

»Ja, sie haben **Mister Blubb** entführt!«

»Wer ist denn Mister Blubb?«

»Ein Goldfisch. *Mein* Goldfisch!«

Frau Honig holte Luft. »**Sie haben deinen Goldfisch entführt?**«

Emma nickte.

»**Und warum?**«

»Wie *warum?*«

»Na ja, warum entführt man **einen Goldfisch?** Ich fürchte, ich kann nicht so ganz folgen.«

»Ja, weil ... weil ... weil der **AUS GOLD** ist und **viel wert!**« Emma sah Frau Honig unbeirrt in die Augen.

»**Aha**. So ist das also!«

»Wussten Sie nicht, dass **GOLDFISCHE AUS GOLD** sind? Warum sollten **Goldfische** sonst so heißen, Frau Honig?«

»Ich weiß eben nicht alles. Und ich hoffe, dass dann **MEERschweinchen** nicht aus Meer gemacht sind und **AMEISENbären** nicht aus Ameisen, und **GirAFFEN** nicht aus Affen. Und ich nicht aus **Honig ... Halt, stopp!** Das wäre eigentlich nicht das Schlechteste. Außerdem hoffe ich, dass ein **FRECHdachs** nicht frech ist … Moment – gibt es die überhaupt in der freien Wildbahn?« Frau Honig grinste Emma an. Die verzog keine Miene.

»Frau Honig, **das ist nicht lustig!** Ich liebe Mister Blubb. Er ist **der beste Goldfisch auf der Welt** und außerdem …«, sie schluckte, »… **vermisse ich ihn sehr**«, fügte sie kleinlaut hinzu. Eine Pause entstand.

»Dann müssen wir ihn **befreien**, Emma!«, schlug Frau Honig spontan vor. Emma sah auf. »Wir müssen uns da **reinschleichen**, am besten in der Nacht, **und MISTER BLUBB rausholen**.«

»Wir können doch nicht …«

»Oder wir rufen **die Polizei**. Aber ich weiß nicht, ob die uns so ernst nehmen, wenn es um eine **Goldfisch-Entführung** geht.«

Emma biss sich auf die Lippen. Dann grinste sie zum ersten Mal, seit Frau Honig auf Emmas Baum eingezogen war. **Von einem Ohr bis zum anderen**.

Goldfischrettung

Als es dunkel wurde, ging die **Operation Goldfisch-Rettung** los. Frau Honig kletterte hinunter in den ersten Stock zu Emma. Um die Augen trug sie eine **schwarze Maske**. Emma hatte sich **Ruß** ins Gesicht geschmiert, um in der Dunkelheit nicht sofort erkannt zu werden.

»Hatten Sie nichts **Schwarzes** zum Anziehen?«, fragte sie das Kindermädchen.

Das schüttelte den Kopf. »Ich besitze nur **gelbe Sachen** und das hier ist das **dunkelste Gelb**, das ich habe. Aber **keine Angst**, Emma, nachts ist jedes Gelb grau.«

Ein langer dicker Ast reichte nordwärts bis zum Dach der **Goldfisch-Entführer.**

»Das Haus sieht sehr **friedlich** aus!«, flüsterte Frau Honig.

»**Das täuscht!**«, flüsterte Emma zurück.

Plötzlich hörten sie Stimmen aus dem Haus. Ein Mann und eine Frau. Sie **stritten** sich.

Frau Honig lauschte. Emma hielt sich die Ohren zu.

Es dauerte eine Weile, bis das letzte Licht im Haus gelöscht wurde und **RUHE einkehrte**. Dann kletterten sie vorsichtig über den Ast auf das Dach, ließen sich von dort auf den Sims des geöffneten Fensters im ersten Stock fallen und stiegen vorsichtig in das Haus ein. Auch hier war es **dunkel**.

»Haben die **einen Hund** oder so was?«, fragte Frau Honig und ihre Stimme klang etwas ängstlich.

»Nein. **Für so was hätten sie gar keine Zeit**. Sie haben für überhaupt nichts Zeit, nur **zum Streiten**.«

»Ja, das hast du bereits erwähnt. Du scheinst **diese Leute** ziemlich gut zu kennen, Emma!«

»Ach, die sind doch alle gleich. Diese **Goldfisch-Entführer!**«, antwortete Emma ausweichend.

Sie schlichen über den Flur. **In diesem Moment** ging jedoch die Badtür auf und ein Mann kam heraus. **Im Schlafanzug**.

Emma drückte Frau Honig, so schnell und leise sie konnte, in einen Wandschrank. Sie legte den Finger vor den Mund:

»PSSST!«

Frau Honig nickte stumm und **hielt den Atem an**.

»Du hast wieder das Toilettenpapier nicht nachgefüllt, Nora!«, rief der Mann ärgerlich.

»Musst du so laut **schreien**, Alexander? Ich hab schon geschlafen und du weißt, wie schlecht ich einschlafe. Jetzt werde ich wieder die **ganze Nacht** wach liegen, nur wegen der **blöden Toilettenrolle**.« Die Stimme kam aus dem Schlafzimmer. Es war eine Frau. Wohl diese Nora, mit der der Mann, dieser Alexander, **geschimpft** hatte.

Frau Honig, deren Augen sich bereits an die **Dunkelheit** im Wandschrank gewöhnt hatten, warf Emma einen amüsierten Blick zu. Doch die starrte nur geradeaus.

Das Ehepaar **stritt** noch ein Weilchen, da sie aber die Schlafzimmertür inzwischen geschlossen hatten, konnten Frau Honig und Emma nicht mehr verstehen, worum es ging.

Vorsichtig trat Emma aus dem Schrank. »**Die Luft ist rein!**«, flüsterte sie Frau Honig zu und beide schlichen auf leisen Sohlen zwei Zimmer weiter. Emma drückte die Klinke hinunter und öffnete die Tür. Sie **knarzte** leise.

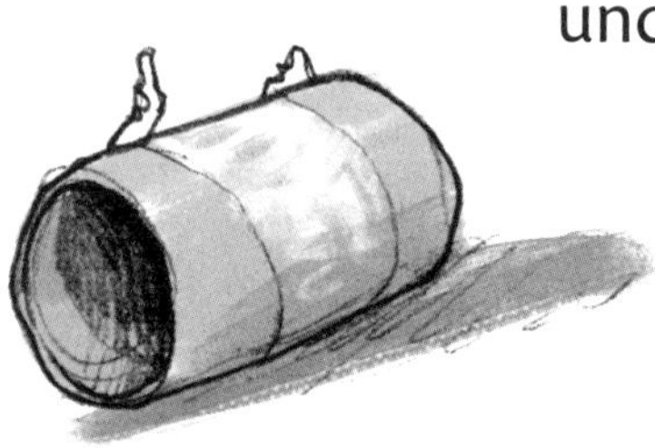

»**Du kennst dich hier**

aber gut aus!« Frau Honig folgte Emma ins Zimmer. Der Mond schien durch das Fenster. Wenn man hinaussah, konnte man die **Umrisse des Kirschbaums** erkennen. Auf einem Beistelltischchen mitten im Zimmer, vom Mond angeleuchtet, stand ein rundes mit Wasser gefülltes Glas, in dem ein **kleiner Goldfisch** schwamm.

»**MISTER BLUBB**, da bist du ja!« Emma lief freudestrahlend auf den Fisch zu. »Geht es dir gut? Ich hab dich so vermisst!« Dann drehte sie sich zu Frau Honig um. »Das ist Mister Blubb«, stellte Emma ihren **Goldfisch** vor.

»**Freut mich sehr, Ihre Bekanntschaft zu machen**. Ich bin Elsa Honig.«

Und zu Emma fügte sie leise hinzu: »Ich hab noch nie **einen Fisch persönlich kennengelernt**.«

»Meinen Sie, er mag es **auf dem Baum?** Immerhin sind Fische es nicht gewöhnt, auf

Bäumen zu leben«, fragte Emma unsicher und nahm das Glas in beide Hände.

»Na ja, es gibt **fliegende Fische** und auch **Vögel, die tauchen können**. Von einem Goldfisch auf einem Baum habe ich zwar noch nichts gehört, aber ich bin trotzdem sicher, es wird ihm dort **gefallen**.«

Emma nickte erfreut, dann schlichen die beiden den Weg wieder zurück.

Mit dem Goldfischglas war alles etwas **komplizierter**. Es durfte **auf keinen Fall runter-**

fallen und das Wasser wollten sie auch nicht verschütten.

Aber gemeinsam schafften sie es zurück in den Baum. Dort stellte Emma das Glas auf eine sichere Astgabel.

»**Willkommen in meinem Baum**«, sagte sie feierlich zu ihrem Fisch und der blickte sich erst einmal erstaunt um. Dann riss Emma erschrocken die Augen auf.

»**Was ist denn los?**«, fragte Frau Honig und guckte zum **Goldfischglas**, weil sie vermutete, dass es Mister Blubb vielleicht nicht gut ging. »An dem ist doch noch alles dran. **Flossen** oben und unten, **Augen** vorne, **Schwanzflosse** hinten und ein **GROSSES MAUL** zum Zu- und Aufklappen. Und goldig sieht er auch immer noch aus. Also ist er komplett, wenn du mich …«

»Wir haben das Futter vergessen!«

Emma schlug sich mit der flachen Hand auf die Stirn.

Frau Honig sah hinüber zum Haus. »**PFANNKUCHEN** mag er wohl nicht, was?«, fragte Frau Honig nach. Emma schüttelte den Kopf. »**Würstchen?**«

Wieder Kopfschütteln.

»Dann müssen wir wohl oder übel noch einmal ins Haus. Oder wir füttern ihn mit **Kirschen**. Davon hätten wir ja genug.«

Emma schüttelte zum dritten Mal den Kopf. »Ich glaube, davon bekommt er **Bauchschmerzen**. Fische sind sehr **empfindlich**.«

»Also gut. Du bleibst bei Mister Blubb und ich breche noch mal ein.« Frau Honig zog sich erneut **die schwarze Maske** über das Gesicht. Emma beobachtete sie mit großen Augen. »Was guckst du so?«

»Man könnte fast meinen, **es macht Ihnen Spaß**, in ein Haus einzubrechen, Frau Honig!«

»Ich beginne, mich daran zu gewöhnen.«

»Das ist aber **kein gutes Vorbild** für Kinder. Und Sie sind doch ein **Kindermädchen!**«

»Ja, und darum bin ich auch immer **auf der Seite der Kinder**. Und wo ein **Goldfisch entführt wird**, bin ich bei der **Rettung** auf jeden Fall dabei. Ich bin immer für **die Gerechtigkeit!**« Und schon verschwand Frau Honig im Dunkeln der Kirschblätter.

Emma blickte zu Mister Blubb. Sie lächelte ihn liebevoll an. »Die ist **sehr wunderlich**, diese Frau Honig. Aber ich glaube, ich fange langsam an, sie **ein bisschen zu mögen**. Du auch?«

Der Fisch klappte seinen Mund auf und zu.

»Gut. Aber wir lassen es uns nicht anmerken, Mister Blubb, **abgemacht?**«

Frau Honig schlich derweil erneut über den Flur des Nord-Hauses. Mittlerweile kannte auch sie sich ein wenig aus.

Als wieder Stimmen zu hören waren, blieb sie abrupt stehen und lauschte.

»Ich vermisse Emma so sehr!«, sagte die Frauenstimme.

»Es ist **ihre Entscheidung**. Sie wird es nicht lange aushalten. Glaub mir, bald kommt sie freiwillig wieder«, meinte die Männerstimme.

Als Frau Honig mit ihrer **Beute** zurückkam, saß Emma neben dem **Goldfisch-Glas** und sah ihr dankbar entgegen.

Frau Honig stöhnte. »Also ich hoffe, wir haben nicht noch etwas, was wir retten müssen. Denn auf Dauer wäre mir das **zu ANSTRENGEND!** Geht's Mister Blubb gut?«

»Er ist wohl einigermaßen gut behandelt worden. Natürlich warten die **Goldfisch-Dealer** schon auf ihn, aber mit der Übergabe scheint etwas nicht ganz glattgelaufen zu sein. Wir haben ihn also **im letzten Moment** gerettet!«

»Puh, da bin ich **erleichtert!**« Frau Honig ließ sich auf einem Ast nieder.

Emma nahm die Dose mit dem Futter. Als sie sie öffnen wollte, wurden ihre Augen **kugelrund**.

»Ist was?«, fragte Frau Honig erschrocken.

»Das ist die **Katzenfutterdose!**«

»**Oh nein!** Das heißt, ich muss noch mal einbrechen?«

Jetzt kicherte Emma los. »**SCHERZ**. Es ist natürlich **Fischfutter**. Wir … äh, also die haben gar keine Katze.«

Frau Honig knuffte dem Mädchen in die Seite.

Da **donnerte** es. Emma zuckte zusammen. Blieb aber auf ihrem Brettchen sitzen

Frau Honig sah über sich durch die Zweige in den Himmel. »**Oh, oh**, es wird Regen geben«, meinte sie. Und schon spürte Emma die ersten Tropfen. »Willst du nicht zu mir unter mein

Kofferdach kommen, Emma?« Doch Emma schüttelte den Kopf. »Wie du willst!«

Frau Honig saß gemütlich auf ihrem Koffersofa und hörte dem Regen zu, wie er durch die Zweige und Blätter tropfte. Es klang, als würden die Tropfen ein kleines **Klopfkonzert** auf ihrem Kofferdach und den honiggelben Schirmen veranstalten. Tropf, tropf, tropf, tropf!, sang sie mit dem Regen.

Emma war bereits **klitschnass**. Bewegungslos saß sie auf ihrem Brett. Schließlich seufzte das Mädchen und stieg zu Frau Honig hinauf.

»**Oh, ein Gast!** Wie schön. Ich dachte schon, ich müsste mein **Honigbrot** allein essen.« Auf einem Brettchen hatte Frau Honig Brote vorbereitet und ein **Körbchen Kirschen** stand auch bereit.

Auf einmal flog **EINE BIENE** an den beiden vorbei.

»Was machst du denn noch hier draußen? **Husch, husch**, schnell in den Stock. Wenn du **nasse Flügel** bekommst, kannst du nicht mehr fliegen, das weißt du doch.« Frau Honig nahm die **Biene** auf die Hand und pustete sacht über ihren kleinen Körper. Sie pustete so lange, bis die kleinen Flügel einigermaßen trocken waren. Dann ließ sie sie fliegen und die **Biene** verschwand eilig **SUMMEND** in ihrem Korb.

»Was machen die Bienen eigentlich, wenn es regnet?«

»Oh, ganz viel. Sie erzählen sich zum Beispiel **Geschichten**. Sie **tanzen** und **SUMMEN** – sie wärmen sich untereinander. Sie veranstalten **bunte Abende**, an denen sie Sachen vorführen.«

»Was denn für Sachen?«

Frau Honig überlegte kurz. »Sie **jonglieren**

mit Pollen, tragen **Blumengedichte** vor, erzählen **Spinnenwitze**.«

»Oh, kennen Sie einen?«

»Einen? **TAUSENDE!** Zum Beispiel den: Sagt eine Spinne zur anderen: ›Ich glaub, ich hab den Faden verloren!‹« Frau Honig lachte sich schief.

Auch Emma **prustete los**. Dann grinste sie Frau Honig amüsiert an. »Und was machen sie **wirklich?**«

»Du meinst, wenn sie nicht gerade bunte Abende stattfinden lassen und **singen** und **SUMMEN** und **tanzen** und **Gedichte aufsagen?**« Emma nickte. »Ja, dann ... also erst einmal verstecken sie sich unter Blättern oder in Ritzen. Denn Bienen sind so klein, sie können sogar von **großen Regentropfen** erschlagen werden. Und mit nassen Flügeln können sie nicht fliegen. Man sollte allerdings bei Regen nicht zu nah an das Flugloch herangehen. Die

Bienen sind an **Gewittertagen** meist **schlecht gelaunt**, musst du wissen.«

»Und deshalb die **bunten Abende**, stimmt's, Frau Honig? Damit sie **bessere Laune** kriegen!«

»**Ganz genau!**« Frau Honig lächelte zufrieden.

KUCKUCK!
KUCKUCK!
KUCKUCK!
KUCKUCK!
KUCKUCK!
KUCKUCK!
KUCKUCK!
KUCKUCK!

Kofferflug

Am nächsten Morgen, es war ein Samstag, wurden die beiden von lautem **Vogelgezwitscher** und einem **KUCKUCK**, der achtmal Kuckuck schrie, geweckt.

»**Caruso!** Kannst du vielleicht etwas leiser schreien? Du hast wohl die Meise geweckt. Man muss schon ein **bisschen Rücksicht** nehmen auf seine Nachbarn.« Frau Honig, im **gelben Schlafanzug**, dehnte und streckte sich. Sie hatte auf dem **Koffersofa** geschlafen. Barfuß kletterte sie die Äste hoch. **Immer höher und höher**. Schließlich erreichte sie die oberen Zweige des Baumes. Die Sonne war bereits aufgegangen. Elsa Honig hielt eine Hand über ihre Augen, um die Strahlen abzuschirmen.

»**Emma!**«, rief sie nach unten. »**Komm hoch**, es ist **herrlich** hier! Emma!«

Es dauerte eine Weile, bis ein **verschlafenes Mädchen**, ebenfalls im Schlafanzug, die obersten Äste erreichte und neben Frau Honig Platz nahm.

»Wir sitzen **mitten in den Wolken!** Ist das nicht himmlisch?«, fragte Frau Honig und atmete tief ein und aus. »Wie wäre es mit einem **kleinen Ausflug?**«

Emma stutzte. »Sie bringen mich nicht von diesem Baum runter. **Da können Sie sich auf den Kopf stellen!**«

»Oh, auf dem Kopf stehe ich gern. Aber vom Baum runter möchte ich dich gar nicht bringen. Es heißt ja schließlich **Aus*flug*** und nicht **Aus*gang***. Wie sagt man noch gleich? **Ein Ausflug am Morgen vertreibt KUMMER UND SORGEN!**« Und schon steckte sie ihre Finger, wie am Tag zuvor für die Bienen, zwischen die

Zähne und pfiff. Diesmal klang der **PFIFF** allerdings etwas anders.

Die Zweige unter ihnen bebten leicht, zitterten, öffneten sich schließlich und **ein roter Koffer** erschien.

»Das ist **der Flugkoffer**«, erklärte Frau Honig. Er klappte sich auch sofort bereitwillig auf und Frau Honig, gefolgt von einer staunenden Emma, stieg ein. **»Anschnallen!«**, rief Frau Honig. Ihre Stimme war voller Vorfreude.

Emma sah an sich hinunter. Da war weit und breit kein Gurt, trotzdem hatte sie das Gefühl, als würden sich **unsichtbare Gurte** schließen.

Emma saß vorn, Frau Honig hinter ihr.

Das Kindermädchen reichte Emma **ein Lenkrad**, das allerdings nirgendwo angebracht war. »Hier!«, sagte sie, als wäre es das **Selbstverständlichste der Welt**.

»Was soll ich damit?«, fragte Emma verblüfft.

Frau Honig schüttelte verständnislos den Kopf. »Na, wie willst du denn **lenken ohne Lenkrad?**« Dann richtete sich Frau Honig kerzengerade auf und rief: »**Türrrren schließen, VORRRRSICHT beim Abflug!**«

Und schon flog der Koffer los. Emma wusste nicht, ob sie wach war oder vielleicht noch **träumte**. Der Koffer flog **höher und höher,**

bis über die Wolken. **Ein paar Vögel** begleiteten sie eine Weile. Sogar ein Flugzeug überholte sie. Emma und Frau Honig winkten den Passagieren freundlich zu.

»**Wo fliegen wir denn hin?**«, fragte das Mädchen, als es sich etwas gefasst hatte. Sie hatte aufgehört, sich darüber Gedanken zu machen, ob es **EIN TRAUM** war oder nicht. Emma beschloss, den Flug einfach zu **genießen**.

»Immer der Nase nach … oder halt, flieg doch mal **mitten in so eine Wolke** hinein, Emma. Das wollte ich schon immer mal ausprobieren!« Frau Honig kicherte **voller Vorfreude**.

Und ohne noch einmal nachzufragen, riss Emma das Lenkrad rum und steuerte direkt auf eine **riesengroße Kumuluswolke** zu. »Sind Sie sicher, dass wir **da durchfliegen** können?«, rief sie ihrer Flugbegleitung zu.

Doch zu einer Antwort kam Frau Honig nicht mehr, denn da wurden sie bereits **von der großen Wolke verschluckt**. Kreischend und lachend flogen sie mitten hindurch. Vor ihren Augen wurde es weiß. WOLKENWATTE-weiß. Und still wurde es ebenfalls. Alle Windgeräusche waren verstummt. Als hätte man WOLKENWATTE in den Ohren. Doch dann gewöhnten sich ihre Augen an die Helligkeit. Staunend durchquerten die beiden **KOFFERPASSAGIERE** die **Wolke**. Hier und da entdeckten sie ein paar kleine Vögel, die wohl ein wenig verschnauften und sich von der anstrengenden Flugreise ausruhten. **VERWUNDERT** blickten die Vögel auf.

Emma winkte ihnen, doch dann griff sie schnell wieder mit beiden Händen ans Lenkrad. Es war nicht einfach, den **Flugkoffer** gerade zu halten. Und **abstürzen** war das Letzte, was Emma wollte.

Schließlich öffnete sich die **Wolke** und der Koffer flog wieder **der Sonne entgegen**.

Als sich Emma zu Frau Honig umsah, hielt diese einen WOLKENFETZEN in der Hand und schleckte daran.

»Hmmm!«, meinte sie glücklich. »ZUCKERWATTE!« Dann hielt sie auch Emma ein Stück WOLKENZUCKERWATTE hin.

Emma griff danach, doch in diesem Moment wehte der Fahrtwind ihr das Lenkrad aus der Hand. Betreten blinzelte Emma Frau Honig an. »Tut mir leid, das war **keine Absicht!**«

Frau Honig zuckte mit den Schultern. »**Was soll's?** Der Koffer weiß schon, wo es langgeht. Wir lehnen uns für die Kurven einfach nach rechts oder nach links, dann helfen wir ihm dabei, wieder zurückzufinden.«

Und so machten es die beiden. Nachdem sie noch genüsslich den Rest der WOLKENZUCKERWATTE verspeist hatten, verlagerten sie ihr Gewicht, je nachdem, wohin sie wollten.

Nach einer ganzen Weile landeten sie wieder sacht **im Kirschbaum**. Emmas Wangen glühten vor **BEGEISTERUNG**.

Inzwischen war es Mittag geworden. Emma und Frau Honig saßen oben in den **WIPFELN DES BAUMES** und naschten hier und da ein paar

Kirschen, während Emma Geschichten von Mister Blubb erzählte. Die **Kirschkerne** spuckten sie, so weit sie konnten, **in die Wolken**.

»... und dann hat Mister Blubb mich angeschaut und gemeint: Geht der Fisch in die Apotheke und sagt: ›Ich hätte gern ein Shampoo gegen meine Schuppen!‹« Emma verstellte ihre Stimme. Frau Honig **prustete los** und Emma stieg in ihr Lachen mit ein. »Und das ist auch von ihm: Treffen sich ein Thunfisch und ein Walfisch. Sagt der Walfisch: ›Was sollen wir tun, Fisch?‹ Antwortet der Thunfisch: ›Du hast die Wahl, Fisch!‹« Wieder schütteten sich beide **vor Lachen** aus.

»Also ich muss schon sagen ...«, begann Frau Honig, als sie sich ein wenig beruhigt hatte, »... dein Mister Blubb ist **der LUSTIGSTE Fisch, den ich kenne.**«

»Außerdem kann er so gut zuhören wie kein anderer. **Er ist mein bester Freund!**«

Frau Honig wurde ernst »Und **einen besten Freund** muss man natürlich **retten**, wenn er **in Not** ist!«

Emma schluckte. Dann holte sie Luft, um etwas zu sagen, doch sie wurde von einer Frauenstimme unterbrochen.

»**Emma! Emma!** Ich hab **Lasagne** gemacht. Die liebst du doch so! Emma?«

Frau Honig sah nach unten, aber sie konnte niemanden entdecken. Sie waren zu hoch und die Blätter unter ihnen zu dicht. Sie blickte Emma abwartend an.

»Die meint **eine ANDERE Emma!**«, erklärte diese leise.

»Hier scheint es vor lauter Emmas **nur so zu wimmeln**«, wunderte sich Frau Honig.

Emma biss sich auf die Lippen. Dann grinste sie Frau Honig an. »Da fällt mir noch **eine Geschichte von Mister Blubb** ein. Einmal, als ich von der Schule kam, da …«

Frau Honig griff nach Emmas Hand. »Wäre es nicht **langsam Zeit für die Wahrheit?**« Emma schluckte erneut. Frau Honig streichelte dem Mädchen über die Hand. »Vielleicht sitzen wir hier oben auf dem **schönsten Platz auf der ganzen Welt**. Auf einem **Kirschbaum inmitten der Wolken**, die an uns vorbeiziehen. Wir baumeln mit den Beinen und lachen zusammen über die **lustigen Geschichten** von einem – ja vielleicht *dem* lustigsten Fisch, den es auf der Welt gibt. Aber eine kleine Sache fühlt sich **nicht so gut** an. Richtig?« Frau Honig wartete Emmas Antwort gar nicht erst ab. »**Dein kleines Herz könnte noch viel höher flie-**

gen als bis zu dieser Baumkrone und in diese Wolken, wenn da nicht **ein kleiner Stein** drauflage. Hab ich recht?« Frau Honig sah Emma liebevoll an.

Tränen stiegen dem Mädchen in die Augen. Sie nickte langsam.

»Also, **raus mit der Sprache**. Ich verspreche dir, egal, was es ist, ich werde es für mich behalten. Außerdem werde ich **nicht schimpfen**, da ich die **schlechteste Schimpferin der Welt** bin. Und ich werde dir **keinen Hausarrest** geben, wenn es etwas Schlimmes ist, denn dann müsste ich dir **Baumarrest** geben und davon habe ich noch nie gehört.«

Emma wischte sich mit dem Ärmel über die Augen. Dann begann sie zu erzählen: »Die **Goldfisch-Entführer** sind gar keine Goldfisch-Entführer. Es sind **meine Eltern**.« Frau Honig hob den Kopf, sagte aber nichts. »Ich bin vor ein paar Tagen **ausgezogen**, weil ich ihre ständigen **Streitereien** nicht mehr hören wollte.«

Frau Honig nickte langsam. »Ich verstehe.«

»Nein, das können Sie nicht verstehen. Sie **streiten** über **jede Kleinigkeit**. Wer wie den **Geschirrspüler** einräumt, wer besser Auto fährt. Mama ärgert sich, wenn Papa die **Zahnpastatube** nicht zumacht. Und Papa ärgert sich über Mama, wenn sie die Tube in der Mitte ausdrückt und nicht von hinten nach vorne. Papa lässt immer alle **Schranktüren** auf. In der Küche, im Bad, sogar die Tür des Schlüsselkästchens. Mama sagt, manchmal hat sie das Gefühl, sie macht von morgens bis abends nur Türen zu. Mama hasst es, wenn Papa seinen **benutzten Teller** in die Spüle stellt, und Papa mag es nicht, wenn sich das Geschirr auf der Ablage stapelt. Und Papa lässt abends immer **seine Socken** im Wohn-

zimmer rumliegen, was Mama am nächsten Tag aufregt. Papa schimpft mich öfter und Mama schimpft dann immer Papa, weil er mich schimpft. Aber der größte Streit ist immer der **Geschirrspüler-**Einräumstreit. Jeder denkt, er kann es besser als der andere. Ich kann es einfach nicht mehr hören.«

Frau Honig nickte erneut. Sie nahm Emma in den Arm. »Emma, es sind nur Gewittertage. Und Gewittertage gehören genauso zum Leben wie **Sonnentage**. Ohne **Gewitter** würde alles nicht funktionieren.«

»Aber niemand muss ständig streiten, Frau Honig. Ich habe so Angst, dass sie sich **scheiden lassen** und ich mich dann entscheiden muss, bei wem ich wohne. Deshalb hab ich gleich entschieden, dass ich hier wohnen will. Hier **im Kirschbaum**. Und hier bleibe ich, **bis ich erwachsen bin**.«

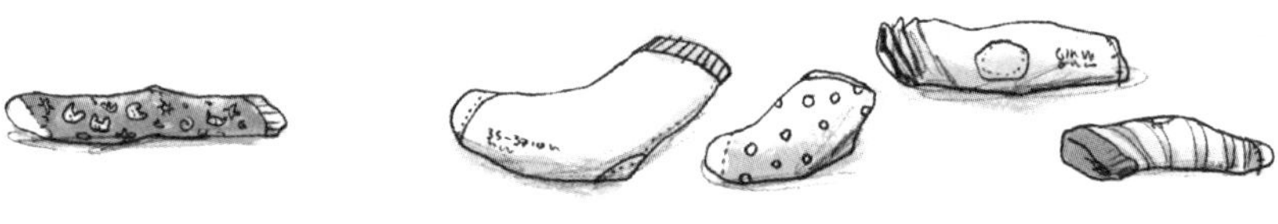

»Willst du wirklich alles verpassen? **Die ganze Kindheit?** Die ist das Sahnehäubchen des Lebens. Das sollte sie zumindest sein. Ist leider nicht immer so. Aber genau deshalb bin ich hier. Damit die Kinder ihr Sahnehäubchen genießen können.«

»**Aber was kann ich denn tun?**«

»**Was möchtest du denn?**«

Emma blickte sich verwirrt um. Das war sie noch nie gefragt worden. Aus dem Haus hörte man Emmas Eltern schon wieder **streiten**.

»Ich kann dich nicht verstehen, wenn du so **schreist**. Kannst du das bitte noch mal **in NORMALER LAUTSTÄRKE** wiederholen?«, schrie Emmas Vater Alexander.

»Sie sollten wenigstens **das Fenster zumachen**«, seufzte Emma.

In diesem Moment gab es einen Luftzug und das Fenster schloss sich. Emma erschrak.

»**VORSICHT vor Wünschen!**«, lachte Frau Honig. Doch Emmas Eltern **stritten** mittlerweile so laut, dass man es sogar durch die geschlossene Scheibe hören konnte.

Emma reckte den Hals. Sie sah nun **die Umrisse ihrer Eltern** hinter dem weißen Vorhang. Es wirkte ein wenig **wie ein Schattenspiel**.

»Also noch mal, was hättest du gern, Emma?«

»**Ich will, dass sie einfach aufhören!**«

Frau Honig schnipste mit den Fingern. In diesem Moment **VERSTUMMTEN** die beiden **STREITHÄHNE**. **Kein Laut** war mehr zu hören. Nur das **Schattenspiel** bewegte sich noch. Man sah, wie Emmas Eltern **die Münder auf- und zuklappten**, doch kein Laut kam mehr aus ihren Kehlen. Sie fassten sich an den Hals. Dann riss Emmas Mutter die Hände in die Höhe und verließ das Zimmer.

Emma und Frau Honig kletterten in die erste Etage des Baumes, um alles **besser mitverfolgen** zu können.

Verborgen hinter Zweigen beobachteten sie das Haus. Sie beobachteten, wie Alexander Nora in die Küche folgte. Alle Fenster waren **wie kleine Fernseher** und in jedem Zimmer spielte sich eine andere Szene ab. Nur dass der Film, den Emma und Frau Honig anschauten, ein **Stummfilm** war. Es war still. So still, dass man eine Stecknadel hätte fallen hören können.

»**Das ist irgendwie komisch!**«, meinte Emma nach einer Weile.

»Das hast du dir gewünscht!«

» Ja, aber sie haben ja nicht aufgehört zu **streiten**, weil sie sich vertragen, sondern weil sie nicht mehr reden und **nicht mehr schreien** können.«

»**VORSICHT vor Wünschen**, hab ich, glaube ich, schon einmal gesagt.«

Frau Honig schnipste erneut mit den Fingern und schon konnte man **das Streiten** von Emmas Eltern wieder hören.

»Sie sollen einfach **nett miteinander umgehen!**«

»Ist das **dein Wunsch**, Emma?«

Emma nickte vorsichtig.

Wieder schnipste Frau Honig beiläufig mit den Fingern.

»Liebster, **ich liebe es**, wenn ich den ganzen Tag deine offen stehenden Türen schließen darf. Das ist **das Schönste**, was ich mir vorstellen kann.«

»Und ich **liebe deine langen Haare**, die

überall herumliegen und sogar den Abfluss **so süß verstopfen!**«

»Du, wenn du nachher nicht pünktlich bist, mach dir keine Sorgen. Ich **WARTE GERN STUNDENLANG** im Auto auf dich. Ich kann dir gar nicht sagen, **was ich lieber tue**: auf dich warten, egal wo und wann, oder deine Türen schließen.«

Emma warf Frau Honig **einen irritierten Blick** zu.

»**Wieder nicht richtig?**«, fragte Frau Honig erstaunt.

Das Mädchen schüttelte den Kopf. »Ich weiß auch nicht. Aber das klingt jetzt alles so ... na ja, **falsch** irgendwie.«

Frau Honig seufzte. »**MANCHMAL IST DAS LEBEN KOMPLIZIERT**. Da nützt all das Schnipsen nichts!« Noch einmal schnipste Frau Honig mit den Fingern und schon hörte man das vertraute **Streiten**. Es flog durch die

geschlossenen Fenster, über die Wiese und **prallte am Kirschbaum** ab. Sofort fielen ein paar reife Kirschen auf den Boden.

Emmas Bauch knurrte. »Bist du so **wütend**, dass du schon **knurrst** wie **EIN WOLF**, Emma?«

Emma schüttelte den Kopf. »Ich hab einfach **Hunger!**«, antwortete das Mädchen. Sie merkte erst jetzt, wie hungrig sie eigentlich war. Meist hatten ihre Eltern ihr etwas in den Korb gelegt. Doch sie hatten wohl beschlossen, Emma würde **schneller wieder zu Hause einziehen**, wenn ihr Hunger so groß werden würde, dass sie es nicht mehr aushielt. Und so kochten sie täglich **leckere Gerichte**. Der Duft zog dann bis in den **Kirschbaum** und Emma musste sich sehr zusammenreißen, um nicht *dem köstlichen Duft* zu folgen und schwach zu werden. Einige Vorräte hatte sie direkt bei ihrem Auszug mitgenommen, aber die waren alle längst aufgegessen.

Frau Honig schnupperte. »**Würrrstchen!**«, rief sie erfreut aus. »Wir sollten erst mal was essen, Emma. Mit leerem Magen hat man meist nur **leere Ideen**. Und wir wollen doch **tolle volle**, nicht wahr?«

Emma schniefte, dann folgte sie Frau Honig auf den Süd-Ast.

»Hab ich es nicht gestern schon vorhergesagt? Am Samstagabend wird gegrillt!«

»Nicht auf dem Süd-Ast!«

»Aber hier riecht es nach **Würstchen!**«

»Nicht auf dem Süd-Ast, da wohnt Herr Hildebrandt. Und der grillt nie. Weil er zu **geizig** ist. Er isst immer fades Brot mit Butter. Und die streicht er so dünn auf, dass man das Brot auch ohne Butter essen könnte. **Schauen Sie!**« Emma nahm vorsichtig einen Zweig und zog ihn zur Seite.

Darunter entdeckte Frau Honig einen alten Mann. Er saß allein an einem **windschiefen**

Tisch. Vor ihm ein Teller mit einem wirklich nicht sehr verlockenden Brot.

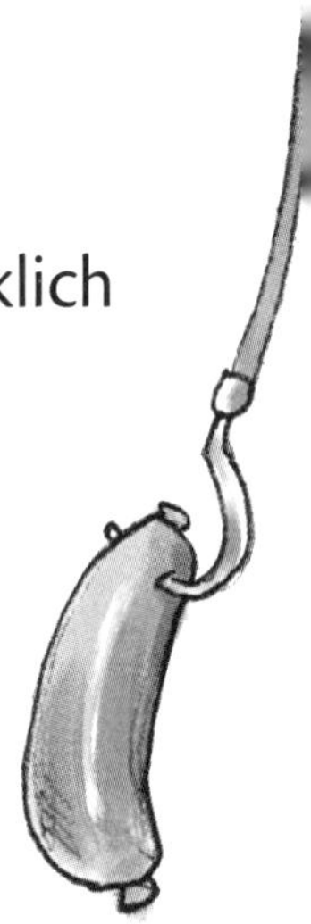

»Sehen Sie, Frau Honig? **Jeden Abend dasselbe**. Der Geruch kommt von Süd-Ost. Das sind **die Gülers**, die tischen immer so viel auf, dass sich die Balken biegen. Na ja, zumindest der Tisch biegt sich.«

Wieder schnupperte Frau Honig. Gemeinsam mit Emma hangelte sie sich einen Ast weiter. Hier stand **der vollgeladene Grill**. Die Familie, bestehend aus drei Kindern, den Eltern und einer Oma, saß bereits am Tisch. Sie hatten die Gabeln und Messer in der Hand und riefen im Chor: »**Hunger, Hunger, Hunger** …« Der Vater kam mit einer großen Gabel und spießte einige Fleischstücke auf, legte sie auf eine Platte und trug sie wie ein Ober zum Tisch.

»**Raubtierfütterung!**«, lachte er und die Kinder fauchten wie kleine Löwen.

In diesem Moment zog Frau Honig ihre Angel hervor und **angelte eine Wurst** für Emma und noch eine für sich selbst vom Grill. Dann noch eine dritte. Doch Emma winkte ab.

»Ich schaff immer nicht mehr als eine. Danach wird mir schlecht!«

»**Die ist auch gar nicht für dich**, meine liebe Emma.«

»Für wen denn dann?«

»Für den **Süd-Ast-Mann!**«

»Für den? Aber der kann …«

»Woher willst du wissen, ob er kann, Emma? Mal sehen, ob er sich freut!« Geschickt angelte Frau Honig **noch eine Brezel** hinterher, die in einem Korb neben dem Grill lag, dann ließen sie die Brezel und die Wurst genau in dem Augenblick auf Herrn Hildebrandts Teller gleiten, als dieser von einem **frechen Eichhörnchen** abgelenkt wurde.

»**Gsch, gsch**«, machte er und fuchtelte mit der Hand, um es zu verjagen. Als er sich wieder zu seinem grauen Brot umdrehte, hielt er in der Bewegung inne. Eine Weile **starrte er ungläubig** auf das, was jetzt auf seinem Teller lag. Vorsichtig griff er danach. Man hörte die Wurst bis in den ersten Stock des **Kirschbaumes** zwischen seinen Zähnen knacken. Er kaute jeden Bissen wie in **Zeitlupe**. Dabei schloss er genüsslich die Augen. Als er sie wieder öffnete, lief ihm **eine TRÄNE über die Wange**.

Emma ließ sich nach hinten auf den Ast fallen. Sie starrte nach oben in die Baumwipfel. »Sie meinen, er kann sich einfach **kein besseres Essen leisten?**« Frau Honig legte den Kopf schief. Dann richtete sich Emma plötzlich auf. »**Sind Sie eigentlich eine Verbrecherin?** Werden Sie gesucht?«, fragte sie spontan.

»Ich bin doch **keine Verbrecherin**, Emma«, antwortete Frau Honig höchst empört.

»Na ja, aber Sie brechen mit mir in fremde Wohnungen ein, **um einen GOLDFISCH zu rauben**. Und dann **stehlen** Sie Pfannkuchen und Würste!«

»Und Brezeln!«, erinnerte Frau Honig und **hob den Zeigefinger**. »Genau, und Brezeln!«, wiederholte Emma.

»Seh ich denn aus wie ein Räuber?«

Emma schüttelte den Kopf. »Aber ich weiß ja auch nicht, **wie so jemand aussieht**. Es gibt doch Leute, die nett aussehen, aber es gar nicht sind. Und andere sehen nicht so nett aus, sind es aber. Man kann das **von außen nur nicht erkennen!**«

»So, so. Und jetzt schau doch noch mal genauer auf den Grill von **Familie Güler!**«

Emma krabbelte erneut auf den anderen Ast und spähte durch die Zweige.

»Fehlt da irgendwas?«

»Hmm, da sind noch immer **sehr viele Würstchen** drauf.«

»Und jetzt schau dir die Familie an. Sieht noch jemand **hungrig** aus, Emma? **Sei ganz ehrlich!**« Emma schüttelte den Kopf. »Denn wenn jemand nun verhungern sollte, weil er **EINE WURST** zu wenig hat, dann werde ich dieses Würstchen, das ich eben geangelt habe, persönlich und auf der Stelle sofort und ohne Umwege **wieder zurückangeln**.«

»**Aber es ist nicht mehr da!**«

»Oh, stimmt. Nun, dann würde ich einfach demnächst für einen **Ausgleich** sorgen.«

»Und wie?«

»Vielleicht grillen ja **die Meiers**. Dann könnte ich ein Meier-Würstchen angeln und das auf den Grill der Gülers legen …«

»Aber die Meiers …«

»Die werden auch zu viel haben. Und dann

wohnen hier ja auch noch **die Bräunings** und die **alte Frau Friedel**. Und die … oh, Moment.« Frau Honig griff in ihre Tasche und holte **ihre lange Liste** heraus. »Also die **Meiers** und die **Bräunings** und die **Olsens** und die **Lamberts** – das ist doch die Familie von

deinem Freund Gustav, hab ich recht?« Emma nickte staunend. »Dann noch **das Ehepaar Steinle** und eben **die Gülers** mit den vielen Würstchen. Der **alte Herr Hildebrandt** und daneben **die alte Frau Friedl**. Acht Häuser. **Acht verschiedene Leben**. Und wir sitzen hier wie in einem **KINO** mit acht verschiedenen Leinwänden, auf denen **acht verschiedene Filme** laufen. Also wird sich das mit den Würstchen leicht ausgleichen lassen. Irgendwann. Bevor die Grillsaison zu Ende ist, haben alle ihre Würste und Brezeln wieder.«

»Sie sind schon ECHT KOMISCH, Frau Honig.«

»Danke!«

Pläne schmieden

Herr Hildebrandt hatte die Brezel vor sich auf den Tisch gelegt. Er besah sie von allen Seiten **ganz genau**. Dann nahm er sie vorsichtig, atmete ein paarmal tief den Duft seiner Brezel ein, bevor er noch vorsichtiger hineinbiss.

»**Zu zweit wäre er nicht mehr so einsam**«, überlegte Frau Honig leise.

»Das ist doch **klar wie Kloßbrühe**«, meinte Emma und verdrehte die Augen. »Aber zu zweit kann man **streiten** und allein nicht.«

»Und das ist doch **klar wie ROTGELBER TOMATENPFLANZENHONIG!**«, sagte jetzt Frau Honig und verdrehte ebenfalls die Augen. »**Aber ist es nicht schöner zu zweit?** Ist es dann nicht doch schöner, zu zweit ein bisschen zu **streiten**, als allein ... nun ja allein zu sein?«

Emma zuckte mit den Achseln.

»Herr Hildebrandt macht **KEINEN sehr glücklichen Eindruck**, wie ich finde.«

»Ja, weil er anscheinend **arm** ist.«

»Man kann auch **arm glücklich** sein. Und Frau ... wie heißt sie noch? Ach ja, Friedl, im Süd-West-Haus wirkt auch irgendwie **einsam**.« Elsa Honig deutete auf den Garten daneben. Da saß die alte Frau Friedl auf einem Klappstuhl und starrte vor sich hin. Stumm. »Und eine sehr alte Regel besagt: **Eins plus eins macht zwei!**«

»Sie wollen sie **verkuppeln?**«

»Nein, nur miteinander bekannt machen.«

»Stimmt, sie leben seit Jahren nebeneinander und haben **noch nie wirklich ein Wort miteinander gewechselt**«, gab Emma zu.

»Das liegt an der **großen Hecke**. Die Leute wollen sich immer schützen mit **riesigen**

Mauern, Zäunen und Hecken und dann sitzen sie irgendwo dazwischen und vereinsamen.«

»Und jetzt? Wollen wir nachts die Hecke **abholzen?**«

Frau Honig sah Emma entsetzt an. »In dir steckt wirklich **eine kleine Verbrecherin**. Nein, wir werden sie natürlich nicht abholzen.« Emma atmete erleichtert auf. »Wir werden sie nur **ein bisschen zurechtstutzen**.«

Wieder hatten Emma und Frau Honig ihre **einbrucherprobte Kleidung** an. Frau Honig trug erneut die **schwarze Maske**, Emma hatte sich wieder mit Kohle das Gesicht angemalt.

Sie warteten, bis es **dunkel** wurde im Süd- und Süd-West-Haus. Dann hangelten sie sich leise den Süd-West-Ast entlang und sprangen von ihm auf den kleinen Schuppen von Frau Friedl. Frau Honig hatte ihre **Angel** dabei. Quietschend öffneten sie die **Dachluke des Schup-**

pens. Emma leuchtete mit der Taschenlampe hinein. »Da an der Wand hängt eine **Heckenschere**«, flüsterte sie.

Frau Honig war mittlerweile so geschickt im Angeln, dass es ein Leichtes war, die Schere mit dem Haken zu fassen und sie, **ohne einen Laut**, aus dem Dachfenster zu ziehen.

»**Tadaaa**«, machte Frau Honig leise. Dann angelte sie noch eine kleinere Schere für Emma und sagte zur Hecke: »Wie hätten Sie's denn gern? **Vorne kurz und hinten lang? Na dann!**«

Am nächsten Morgen saßen Frau Honig und Emma **mit frisch geangelten Brötchen** in der zweiten Etage des **Kirschbaumes** und warteten gespannt, dass sich die Türen vom Süd- und vom Süd-West-Haus öffneten.

Und dann war es so weit. Es sah fast aus wie **ein kleiner einstudierter Tanz**. Denn beide Türen zum Garten der Häuser öffneten sich **exakt gleichzeitig**. Und **exakt gleichzeitig** traten die Gartenbesitzer heraus. Frau Friedl in der **rosafarbenen Blümchen-Kittelschürze** und Herr Hildebrandt in seiner **Lieblingslatzhose**. Synchron zueinander streckten sie sich und **genau gleichzeitig** erstarrten sie in ihren Bewegungen. Sie hatten die Hecke entdeckt. Die war ein **wahres Kunstwerk**. Zwar war sie noch genauso hoch wie am Tag zuvor, aber sie hatte **ordentlich geschnittene Gucklöcher** zum Nachbarn hin. Diese sahen aus wie kleine Fenster. **Runde, eckige und ovale**. Die höchste Stelle der Hecke, da hatte Frau Honig nicht widerstehen können, war zu einem **Hasen** und einem **Eichhörnchen** geschnitten. Herr Hildebrandt und Frau Friedl legten den Kopf erst nach links, dann nach rechts, dann **klappten beide Münder langsam auf und wieder zu**. Und noch langsamer gingen sie auf ihre frisch geschnittene Hecke zu. Sie schauten sich durch ein ovales Heckenfenster an.

»**Waren Sie das?**«, fragten sie gleichzeitig. Dann schüttelten sie wieder gleichzeitig die Köpfe.

»Aber schlecht ist das nicht!«, musste Frau Friedl sich eingestehen.

»**Sogar ganz hübsch!**« Herr Hildebrandt sah dabei Frau Friedl lächelnd an.

Diese errötete, denn sie wusste nicht genau, ob Herr Hildebrandt die Hecke oder sie meinte. **Verlegen** fuhr sie sich durch die grauen Haare. »Ich bin noch gar nicht zurechtgemacht!«, schmunzelte sie. »Ich war gerade dabei, Tee aufzusetzen. **Wollen Sie ein Tässchen?**«

Herr Hildebrandt nickte schüchtern.

»**Bin gleich wieder da!**« Frau Friedl ver-

schwand in ihrem Haus und kam kurz darauf mit einem Tablett, auf dem zwei Tassen standen, wieder heraus. »Die Tasse hat **einen Sprung**. Ich bin Tee-Besuch nicht gewöhnt und besitze nur eine einzige ganze Tasse!«

»**Ich liebe Tee aus Tassen mit Sprung!**«, sagte Herr Hildebrandt.

Frau Friedl reichte ihm die Sprungtasse durch das Heckenfenster. Dann nippten beide wortlos am Tee und genossen schweigend **die Gesellschaft** des anderen.

Frau Honig, oben im Baum, hob die Hand und Emma **schlug lachend ein**.

»Wollen doch mal sehen!«, flüsterte Frau Honig und lächelte voller Tatendrang. »**Wen haben wir noch?**« Frau Honig kraxelte von einem Ast zum anderen. Emma sah ihr interessiert zu.

»Das Ehepaar unter dem Ost-Ast könnte des Öfteren auf das **Kind der Bräunings** vom Nord-West-Ast **aufpassen**. Das wäre sehr praktisch, denn das **Ehepaar Steinle** ist kinderlos und hat sich schon immer ein Kind gewünscht. Und es würde die Bräunings etwas entlasten.« Das Kindermädchen **griff in ihre Taschen** und ließ etwas auf den Boden fallen.

Emma erkannte, dass es sich um **Samen** handelte. Kaum hatten sie den Boden erreicht, wuchsen aus ihnen **bunte Blumen**. Sie hatten sich in einer Reihe hintereinander angesät und führten vom Garten der Bräunings bis zum Garten der Steinles.

Da kam auch schon **die kleine Fine** in den Garten gelaufen. Sie **schnupperte**. Dann entdeckte sie die **Blumen**. Freudestrahlend hüpfte sie darauf zu und pflückte die erste.

»**Lume!**«, rief sie und giggelte. Dann sah sie die nächste. Ein paar Schritte in Richtung des Gartenzauns die dritte Blume. Sie krabbelte unter dem Zaun hindurch und **folgte der Blumenspur**. Noch ein Zaun und noch ein Zaun. Sie pflückte und pflückte und schließlich stand sie mit einem **kleinen Blumenstrauß** im Garten des Ehepaars Steinle.

»Was machst du denn hier?«, fragte Frau Steinle, die gerade einen Tisch auf die Wiese stellen wollte.

»**LUMEN!**«, sagte das kleine Mädchen noch einmal und hielt Frau Steinle den Strauß entgegen.

»**Fine!**«, rief Frau Bräuning über den Zaun. »**Komm schnell wieder her**. Frau Steinle möchte sicher ihre Ruhe haben!«

Fine blickte Frau Steinle mit schief gelegtem Kopf an.

»Darf sie vielleicht ein wenig **bei uns bleiben**

und mit uns **einen Kakao trinken?**«, fragte Frau Steinle über den Zaun. Und Frau Bräuning hatte nichts dagegen.

Frau Honig saß über ihnen auf dem Ast und klatschte vor Freude in die Hände. »**Und wen haben wir noch?**«

In diesem Moment raschelte es in den Zweigen. Emma und Frau Honig erschraken.

»**ERWARTEN WIR BESUCH?**«, fragte Frau Honig. Da erschien ein klitzekleiner Kopf zwischen den Blättern. »**Ein Eichhörnchen!**«, rief Frau Honig erfreut aus.

»Das wohnt hier auch. Irgendwo im West-Ast, schätze ich«, erklärte Emma und schnalzte mit der Zunge. »**Na, komm mal her!**«, lockte sie es.

Das Eichhörnchen legte den Kopf einmal nach links, dann nach rechts und wollte gerade wieder verschwinden, da sprach Frau Honig es an. Sie spitzte ihre Lippen und machte **selt-**

same Laute. Das Eichhörnchen horchte auf. Es sah **äußerst erfreut** darüber aus, dass jemand seine Sprache sprach.

Emma blickte vom Eichhörnchen zu Frau Honig und wieder zurück. **Das Eichhörnchen schien zu antworten**. »Was … äh … sagt es denn?«, fragte Emma verwirrt.

»Es heißt Robin. Eigentlich **ROBIN WOOD**. Denn es klaut Nüsse und gibt sie den Eichhörnchen, die im Klauen nicht so gut sind. Es ist also ein **kleiner Räuber** und passt somit ganz wunderbar in unsere Bande.«

»**Wir sind eine Bande?**«

»Oh, ich war schon so lange in keiner Bande mehr. **Wie wollen wir uns nennen?**«

Doch Emma schüttelte nur den Kopf über so viel Unfug.

»Musst du nicht mal **in die Schule?**«, wechselte Frau Honig abrupt das Thema.

»Schon, aber ich bin gerade krank. **Schlimme Magenschmerzen** jeden Tag. Und **Kopfweh**. Auch fast jeden Tag.« Emma fasste sich erst an den Bauch, dann an den Kopf. »**ICH HAB DAS WIRKLICH!**«, empörte sie sich, als sie den fragenden Ausdruck auf Frau Honigs Gesicht bemerkte.

»**Das glaube ich dir**. Wie sag ich gern? **Ich bin immer auf der Seite der Kinder** und ich gehe immer erst einmal davon aus, dass ein Kind mir **die Wahrheit** sagt.«

Emma biss sich auf die Lippen. »Ich habe Ihnen aber **nicht wirklich ganz die Wahrheit gesagt**«, gab sie schuldbewusst zu.

»Nein, das hast du nicht. Zumindest nicht gleich. Aber es hat ja mit der Wahrheit **gar nicht so lange gedauert**, stimmt's?«

»Mein Freund Gustav bringt mir jeden Tag die Hausaufgaben und die neuen Hefteinträge. Ah, da kommt er gerade.«

Und tatsächlich stand in diesem Moment ein Junge unter dem Baum. **Er pfiff zweimal kurz und einmal lang**. Emmas Gesicht hellte sich auf. Sie hängte sich mit den Beinen an den unteren Ast und ließ sich, wie schon bei Frau Honigs Ankunft, kopfüber hinunterhängen.

»Hallo, Gustav!«, rief sie fröhlich.

»**Hallo, Fledermaus!**«, antwortete Gustav und grinste.

»Wie läuft es in der Schule?«

»Ohne dich ist es **LANGWEILIG**. Also noch

langweiliger als sonst. Willst du nicht **endlich wiederkommen?**«

Aber Emma überhörte seine Bitte. »Komm doch ein bisschen hoch. Ich möchte dir **jemanden vorstellen**.«

Das ließ sich Gustav nicht zweimal sagen. Er kletterte **wie ein Äffchen** den Stamm empor und staunte nicht schlecht, als da eine junge Frau auf einem Ast saß.

»Sie ist ein bisschen komisch und vielleicht **eine Verbrecherin**, oder vielleicht **eine Hexe** oder **eine Fee**. Irgendwas dazwischen auf jeden Fall. **Aber irgendwie ganz nett**«, flüsterte Emma ihrem Freund zu.

»**Das hab ich gehört!**«, meinte Frau Honig.

»Ich hab noch nie **einen Erwachsenen** auf einem Baum sitzen sehen!«, bemerkte Gustav und musterte das Kindermädchen.

»Honig. **Elsa Honig ist mein Name**. Und dann muss ich dir sagen, Gustav, dass du

anscheinend noch nicht viel herumgekommen bist in deinem Leben. Zumindest schließe ich daraus, dass du noch nie was von **KIRKOLEMAKOSKI** gehört hast.«

Gustav schüttelte den Kopf. Er warf Emma einen **belustigten Blick** zu. Während Frau Honig erzählte, griff Gustav hier und da in die Zweige und pflückte **ein paar dunkelrote Kirschen**, die er sich sofort in den Mund steckte.

»In **Kirkolemakoski**, da klettern die Erwachsenen eigentlich nur auf Bäume. **SIE HABEN DORT IHRE HÄUSER** und leben darin. Sie können auch gar nicht anders, denn der Boden ist nicht zum Laufen geeignet. Er ist meist **überschwemmt** und man sinkt bis zu den Knien in Matsch ein. Nur zwei Wochen im Jahr können die **Kirkolemakoskianer** auf dem Boden laufen. Dann gibt es **ein großes Bodenfest**. Kinder lernen dort als Erstes Klettern, lange bevor sie Laufen lernen. Sie klettern von Ast zu Ast und von Baum zu Baum.«

»**Frau Honig kann Koffer über Wolken fliegen lassen!**«, erzählte Emma begeistert.

»**Aha**«, antwortete Gustav und sah das Kindermädchen misstrauisch an.

»Ich fliege eigentlich sonst immer **mit dem Teppich**. Aber der Koffer zickt nicht so rum und man kommt auch höher. Außerdem ist der Koffer **wesentlich komfortabler**.«

»**Okay, äh** … Ich muss dann auch langsam wieder heim.« Gustav verabschiedete sich schnell und war auch schon den Baum nach unten gestiegen und verschwunden.

»Ich glaube, er hat **ANGST vor mir**«, lachte Frau Honig.

»Na ja, es gibt ja auch nicht viele Erwachsene, die so sind wie Sie, Frau Honig!«

»Ja, da muss ich dir zustimmen, Emma. **Frau Honig ist einzigartig**.«

»Und, sind Sie **eine Hexe?**« Emma hatte für diese Frage ihren ganzen Mut zusammengenommen.

»Reite ich auf einem **Besen?**«

Emma schüttelte schnell den Kopf.

»Und **eine Fee?** Sind Sie das?«

»Hab ich **Flügel?**«

Wieder schüttelte Emma den Kopf.

»**Aber was sind Sie dann?**«

Frau Honig seufzte. »Alle wollen immer jeden **in eine Schublade stecken**. Schublade auf: Fee rein. Schublade zu. Zufrieden. Schublade auf: Hexe rein. Schublade zu. Zufrieden. **Willst du wirklich wissen, was ich bin?**«

Emma nickte vorsichtig.

»**Ich bin Frau Honig. Punkt, aus, Pasta!**«

»Das heißt basta!«

»Ich mag Pasta aber lieber!«

Jetzt lachte Emma laut auf und Frau Honig lachte mit.

In diesem Augenblick ging die Tür zur **Kuckucksuhr** auf, aber **kein Kuckuck** kam heraus.

»**Na, so was!** Was ist denn mit Caruso los?« Frau Honig kletterte zur **Kuckucksuhr**. Die Tür hatte sich wieder geschlossen. Vorsichtig klopfte sie daran. »**Ist jemand zu Hause?**«, fragte sie leise.

Emma beobachtete alles mit offenem Mund. Ob man sich je an so eine Frau Honig gewöhnen konnte? Doch obwohl sie **die verrückteste Person** war, die Emma je getroffen hatte, war sie sehr froh, dass sie bei ihr eingezogen war. So fühlte sie sich **nicht mehr so einsam**.

Behutsam öffnete Frau Honig die kleine Holztür. Sie schielte ins Innere hinein. »Was ist denn mit dir los, Caruso? **Höchste Zeit, die Uhrzeit anzusagen**.« Von innen hörte man nur ein trauriges Piepen. »Ach was, das bildest du dir nur ein! Das hat Frau Meise sicher nicht so gemeint!« Frau Honig seufzte. »Caruso hat das Gefühl, Frau Meise **auf die Nerven** zu gehen. Sie beschwert sich zu jeder Stunde lauthals«, erklärte sie Emma. »Vielleicht lädst du Frau Meise mal auf ein paar Kirschen zu dir ein? Ihr plauscht ein wenig und wenn ihr euch erst **ein bisschen besser kennt**, wird das schon. Es ist auf jeden Fall **die ALLERBESTE Voraussetzung**, wenn man sich kennt und dann auch mag!«

Emma beobachtete das Kindermädchen.

Schließlich kletterte Frau Honig zurück auf den Ast. »Und jetzt **zu dir und deinen Eltern**.«

Robin, das Eichhörnchen, war näher gekommen und setzte sich dazu, als wäre es zu einer **Tee-Party** eingeladen worden.

Emma streckte die Hand aus und streichelte über seinen flauschigen Kopf. »Es ist ganz weich!«, flüsterte sie. Dann dachte sie eine Weile nach. Schließlich sagte sie: »Eltern, die immer **streiten**, sollten **bestraft** werden. Es sollte **verboten** sein! Und jeder, der dagegen verstößt, kommt vor **Gericht!**«

Frau Honig schloss die Augen. Sie griff nach Emmas Händen. Jetzt entstand ein Bild in ihrem Inneren und auch Emma konnte es sehen.

Es war eine **Gerichtsverhandlung**. *Emma war die* **Richterin**. *In einem schwarzen Gewand stand sie mit einem kleinen Hammer in der Hand hinter einem Pult. Die Eltern, Nora und Alexander, sahen zu ihr auf. Sie wirkten* ganz klein, *da Emma so hoch oben stand. Frau Honig, in einer langen gelben Robe, stand neben ihr. Sie nickte ihr zu. Das Publikum im Saal murmelte aufgeregt.*

Emma klopfte mit dem Hammer auf den Tisch. »**Ruhe im Saal!**«, *rief sie.* »**Die Verhandlung**

beginnt! *Frau Honig, stellen Sie bitte Ihre Fragen.«*

Frau Honig sprang von ihrem Stuhl auf und ging vor den Eltern auf und ab. »Herr Olsen. Ist es richtig, dass Sie nie den Deckel der **Zahnpastatube** *zuschrauben?«*

»Na ja, nie ...«, stotterte Emmas Papa und betrachtete verlegen seine Füße.

»Antworten Sie bitte mit **JA oder NEIN***«, meinte Frau Honig streng.*

»Also ... ja!«

»Und, Frau Olsen, entspricht es der Wahrheit, dass Sie die **Zahnpastatube** immer in der Mitte ausdrücken und nie von hinten nach vorne?«

»Ja, so ist es!«, gab Emmas Mutter zerknirscht zu.

»Herr Olsen, Sie behaupten, die **Spülmaschine** besser einräumen zu können als Ihre Frau. Ist das richtig?«

Herr Olsen nickte. »Ja, das ist auch so. Wenn man die Messer und Gabeln und Löffel gleich im Körbchen sortiert, ist später das Einsortieren in den Besteckkasten viel einfacher.«

»**Das stimmt so nicht!**«, begann seine Frau. Sie sprang entrüstet auf. »Es wird nicht sauberer, wenn man die Löffel alle in ein Fach sortiert. Man muss es **mischen**. Sonst liegen die Löffel so ineinander, dass das Wasser nicht durchkommt.«

Frau Honig sah das Ehepaar lange an, dann wandte sie sich an **RICHTERIN EMMA**. »Euer Ehren, ich habe keine weiteren Fragen.«

Emma, also die Richterin, schlug wieder mit dem Hammer auf den Tisch. »Dann schreiten wir jetzt zur

URTEILSVERKÜNDUNG!«

Frau Honig und Emma öffneten gleichzeitig die Augen.

»Und? **Wer hat recht?**«, fragte Frau Honig gespannt.

Emma überlegte. Sie war hin- und hergerissen. »**Wohl niemand! Oder vielleicht doch beide?**«

Frau Honig zuckte mit den Schultern. »Merkst du was? Jeder hat **seine eigene Sicht der Dinge**. Der Fisch sieht alles von unten, der Vogel von oben. Würden sie sich über **die richtige Sichtweise** unterhalten, würden sie sicher schnell uneinig sein.«

Emma seufzte laut. »Aber muss man denn so viel **streiten?**«

Frau Honig schüttelte den Kopf. »Nein, es sollte mehr **Sonnentage** als **Gewittertage** geben. Darauf ist auf jeden Fall zu achten!«

»Und was tun wir jetzt?«

»Wir schmieden einen Plan!«

Flugsocken und Happy End

Am Montag ging Nora, Emmas Mutter, in die Küche. Sie entdeckte **einen Zettel** am Kühlschrank.

»Aha«, murmelte Nora vor sich hin. **»Gute Idee, Alex!«**, rief sie dann, doch Alexander hörte sie nicht.

Er war im Bad. Dort entdeckte er statt der **Zahnpastatube** eine Dose. Pasta in der Dose, stand darauf. Mit automatischer Deckelverschließung.

»Aha«, murmelte Emmas Vater. **»GUTE IDEE, NORA!«**, rief er hinunter. Doch Nora konnte ihn nicht hören. Sie war mit einem Kaffee ins Wohnzimmer gegangen. **Eine weiße Socke** lag auf dem Boden. Gerade als Nora aufstöhnen wollte, weil sie die herumliegenden Socken ihres Mannes jedes Mal ärgerten, sah sie einen **Zettel**.

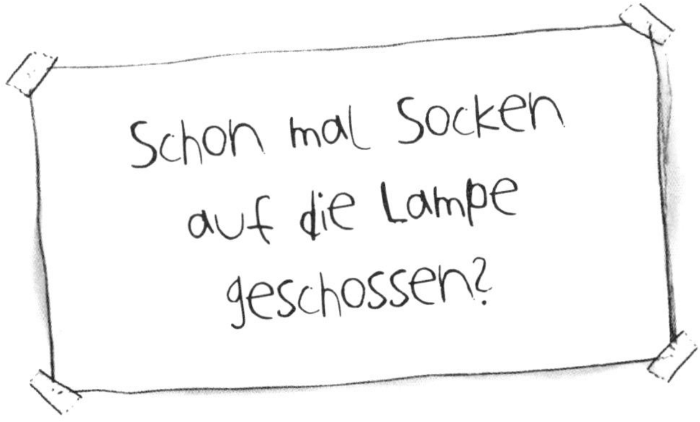

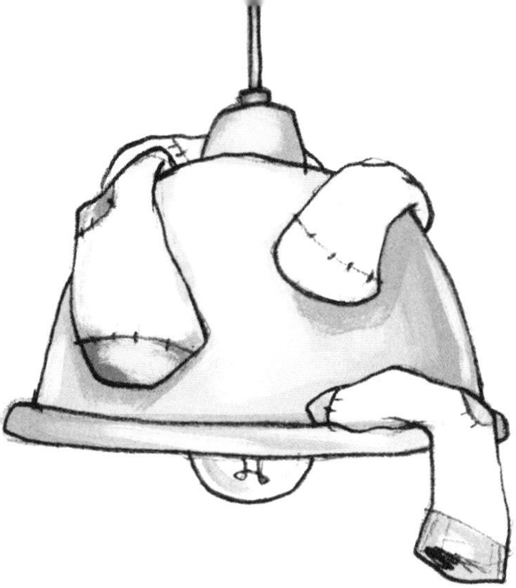

Noras Blick wanderte zur **Deckenleuchte**. Sie grinste. Dann nahm sie die Socke, spannte das vordere Ende über den Daumen, zog die Socke **wie einen Pfeil** nach hinten und **ließ sie flitzen**. Sie traf die Leuchte und die Socke blieb darauf liegen. Nora hob die Arme hoch und **jubelte!** Dann flog die zweite. Sie sauste erst an der Lampe vorbei, aber beim nächsten Versuch traf Nora. Sofort suchte sie nach weiteren Socken, aber sie fand keine mehr.

»**Schade!**«, seufzte sie. Dann warf sie noch mal einen Blick an die Lampe und kicherte.

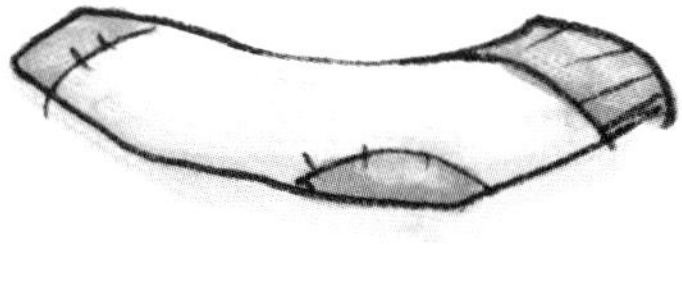

Als sie in die Küche kam, stand auf dem Esstisch **ein Glas mit Deckel**. Böse-Worte-Marmeladenglas stand darauf.

»**Aha**«, sagte Nora und versuchte es aufzuschrauben. Aber es war so fest zu, dass ihre Kraft nicht ausreichte. »**Verdammter Mist!**«, grummelte sie. Da öffnete sich das Glas wie **von Geisterhand** und das Wort flog direkt hinein.

»**Seltsam!**«, murmelte Nora und schüttelte ungläubig den Kopf.

Dann lief sie hinaus in den Garten zum Kirschbaum. »**Guten Morgen, Emma**, wenn du Hunger hast, ich hab dir **ein Frühstück** gemacht. Es steht in der Küche.« Eine Weile wartete sie ab, dann ging sie mit hängenden Schultern zurück ins Haus. Nach einer weiteren Weile kam Emmas Vater ebenfalls zum Baum.

»**Guten Morgen, Emma**, ich hab dir **für mittags** etwas in den Kühlschrank gestellt.

Kannst du dir warm machen!« Auch er wartete eine Weile ab, bevor er ging.

Emma, oben im **KIRSCHBAUM**, hatte alles gehört. Ihr Bauch grummelte. **Sie vermisste ihre Eltern sehr!** Was sie allerdings nicht vermisste, waren die ständigen **Streitereien**. Sie würde erst wieder nach Hause gehen, wenn diese **AUFHÖRTEN**.

Um Punkt neun saß Nora im Auto und wartete. Ihr Mann kam **immer unpünktlich**. Deshalb war sie an das Warten gewöhnt. Sie sah auf ihr Handy und las die neuesten Nachrichten.

Alexander hatte jedoch einen **etwas ungewöhnlichen Start** an diesem Tag. Wie immer ließ er **alle Schranktüren** offen stehen. Doch da begann es zu ziehen. **Ein Wind** blies durch das ganze Haus und Alexander hatte Schwierigkeiten, um die Ecken zu kommen. Die Türen waren ihm zusätzlich im Weg, darum **schloss er**

die Schränke in der Küche. Sofort wurde der Wind weniger. Alexander überlegte kurz. Dann rannte er ins Schlafzimmer und schloss dort die Kleiderschranktüren. **Wieder nahm der Wind ab** und schließlich, als Alexander alle Türen im Haus geschlossen hatte, verstummte der Wind ganz. Emmas Vater war **völlig außer Atem**. Er konnte nicht glauben, was er soeben erlebt hatte. Um **sicherzugehen**, dass zwischen dem Wind und den offen stehenden Türen ein Zusammenhang bestand, öffnete er erneut eine Schranktür. **Nichts geschah**. Dann entfernte er sich ein paar Schritte. In diesem Moment fing der Wind sofort wieder an zu blasen. Schnell schloss er die Tür. Seine Haare waren schon ganz **verstrubbelt**. Da flog vom Garten ein Vogel durch das Fenster herein. Es war ein **Kuckuck**. Das erkannte Alexander daran, dass er neun Mal Kuckuck schrie.

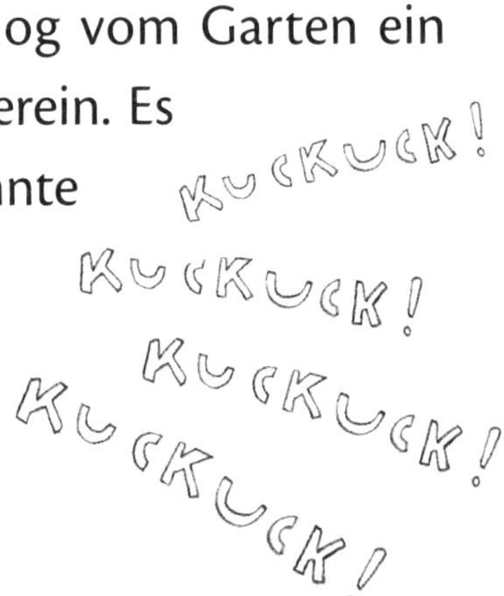

KUCKUCK! KUCKUCK! KUCKUCK! KUCKUCK!

Dabei flog er direkt auf Alexander zu, der **fluchtartig** das Haus verließ. **Pünktlich** stieg er in das Auto.

Seine Frau, die mit einer langen Wartezeit gerechnet hatte, blickte erstaunt auf. »**Was ist denn mit dir los?**«, fragte sie ihn misstrauisch.

»Ich weiß auch nicht. So ein **Kuckuck** ist durchs Fenster geflogen und hat so laut geschrien, dass mir nichts anderes übrig blieb, als mich zu beeilen. Alles lief plötzlich **wie im Schnelldurchlauf** ab.«

Nora bemerkte die **verstrubbelten Haare** ihres Mannes. Außerdem fiel ihr die Weste auf, die **falsch geknöpft** war, und seine Brille, die **schief** auf seiner Nase saß. Zudem hatte er zwei verschiedene Socken an. Nora lachte.

»**Was?**«, fragte Alexander unwirsch.

»Du siehst **IRGENDWIE NIEDLICH** aus!«

Was die beiden nicht

wussten, war, dass oben auf dem Dach – auf das man vom Baum aus gut klettern konnte, **zwei Gestalten** saßen. Eine große und eine kleine, die sich in diesem Moment **abklatschten**. **Der Plan schien aufzugehen**.

Doch das war noch nicht alles. **Der Plan der Pläne für streitende Eltern** hatte noch weitere Überraschungen in petto.

Als Alexander seinen Computer hochfuhr, stand auf der ersten Seite: *Drei Dinge, die ich an dir mag. Bitte ausfüllen und abschicken.* Darunter gab es drei leere Zeilen und ein Foto erschien. Es war das Foto ihrer **Hochzeit**. Alexander schluckte. Er betrachtete es genauer. In den Gesichtern des Hochzeitspaares konnte man **so viel Freude, Vertrauen und Liebe** sehen. Ein wehmütiges Lächeln huschte über sein Gesicht. Was war nur aus **diesem fröhlichen Paar** geworden? Alexander seufzte, strich sich einmal durch die immer noch zerzausten Haare, dann machte er sich daran, **drei Dinge** aufzuschreiben, die er an seiner Frau **besonders gern** mochte. Erst fielen ihm mehr Dinge ein, die er an ihr nicht mochte, doch die versuchte er schnell beiseitezuschieben. Dann schrieb er:

Drei Dinge, die ich an dir mag.
Bitte ausfüllen und abschicken.

Ich mag, wie du dir die Haare hinter die Ohren streichst.

Ich mag, wie du das Wort SERVIETTE aussprichst.

Ich mag deinen kleinen schiefen Zahn, wenn du lachst.

SENDEN

Auch auf Noras Laptop hatte sich diese Seite geöffnet. Und auch sie ließ erst mal **Arbeit, Arbeit sein** und füllte die drei Zeilen aus. Was gar nicht so einfach war. Doch dann begann sie zu tippen:

Drei Dinge, die ich an dir mag.
Bitte ausfüllen und abschicken.

Ich mag die kleinen Falten, die beim Lachen um deine Augen entstehen.

Ich mag, wenn du unter der Dusche singst und denkst, dass dich keiner hören kann.

Ich mag, wenn du Witze erzählst, weil du der schlechteste Witzeerzähler bist, den es gibt, und man allein deswegen schon so lachen kann.

SENDEN

Eine Weile starrte jeder auf seine ausgefüllten Zeilen, dann drückten sie gleichzeitig auf »Senden«. Es machte Wuschsch und die Nachrichten flogen davon.

Von nun an öffnete sich jeden Tag die »**DREI DINGE, die ich an dir mag«-Liste**. Und jeden Tag vor der Arbeit füllten Alex und Nora die Liste aus und schickten sie lächelnd los.

Als die beiden an diesem Abend von der Arbeit kamen, führten **Pfeile auf dem Boden** in den Garten. Stirnrunzelnd blickten die Eltern sich an. Wortlos folgten sie den Pfeilen. **Unter dem Kirschbaum** stand ein Tisch. Mit Tischdecke und **Kerzen und Blumen**. Am Zweig darüber hingen **leuchtende Lampions**. Und eine Lichterkette führte vom Ast bis hin zum Haus.

»**Musik fehlt noch**«, flüsterte Frau Honig Emma zu. Die zwei saßen verborgen in den Zweigen über dem Tisch auf dem Nord-Ast.

Frau Honig schnipste mit den Fingern und **eine Geige** ertönte. Sie spielte eine romantische Melodie.

»Sie können ja doch **zaubern**, Frau Honig!«, wisperte Emma beeindruckt.

Aber Frau Honig schüttelte den Kopf. »**Zufall. Alles nur Zufall.**« Dann deutete sie hinüber zum Ost-Haus und Emma konnte Herrn Steinle erkennen, der am offenen Fenster **Geige** übte.

Alexander schnupperte. Auf dem Tisch vor ihm stand **ein dampfender Topf**.
Er sah Nora an.

»Königsberger Klopse!«, riefen sie gleichzeitig aus. Dann blickten sie über sich in den Baum. »**UNSER LIEBLINGSESSEN!**«

»Emma? Magst du mitessen?« Doch nichts rührte sich.

Alexander öffnete die bereitstehende Weinflasche und die beiden setzten sich.

Erst einmal schwiegen sie. Sie **lauschten dem Geigenspiel**, verteilten das Essen auf die Teller und prosteten sich zu.

Die **Grillen fingen an zu zirpen**, ein paar **Glühwürmchen** flogen im nahen Gebüsch auf und ab. Aus dem Garten der Bräunings hörte man **Kinderlachen**.

»Was für ein schöner Abend!«, seufzte Nora ergriffen.

Alexander nickte. »Wir haben schon lange nicht mehr im Garten gesessen.«

»**Wir haben eben meist die Zeit nicht dazu.**«

»**Sollte man sich die Zeit nicht einfach nehmen?**«, flüsterte Frau Honig von oben herab. Es war wie in der Schule, wenn man jemandem die richtige Antwort vorsagte.

»**Sollte man sich die Zeit nicht einfach nehmen?**«, wiederholte Alexander unter dem Baum auch gleich brav, ohne zu merken, dass die Frage eigentlich gar nicht die seine war.

»**Wir sollten weniger arbeiten**, Schatz!«, sagte Nora nachdenklich.

»Ja, das sollten wir wirklich!« Alexander nahm Noras Hand.

»**Mehr Zeit für so was hier**. Mehr Zeit für uns und vor allem **mehr Zeit mit Emma verbringen!**«

Wieder nickte Alexander.

»Und **weniger Zeit mit Streiten verschwenden**«, flüsterte Emma von oben, so wie sie es eben bei Frau Honig gesehen hatte.

»**Und weniger Zeit mit STREITEN**

verschwenden«, wiederholte ihr Vater sofort. Emma nickte zufrieden.

»**Das ist wahr!**«, stimmte Emmas Mutter zu. »Wenn man bedenkt, **wie viel mehr schöne Zeit** wir hätten, wenn wir **nicht streiten** würden.«

Erneut ein nachdenkliches Nicken von Alexander.

»Aber es ist doch ganz egal, wie oft wir uns **streiten**. Hauptsache, wir **VERSÖHNEN** uns wieder. Und das tun wir immer«, meinte Nora nach einer Weile.

»**Es ist nicht egal!**«, kam es energisch vom Kirschbaum.

Alexander und Nora blickten erstaunt nach oben.

»**Emma!**«, riefen sie gleichzeitig.

Emmas Kopf guckte durch ein Blätterfenster. »**Weil ich es nicht aushalte**. Weil ich es nicht mehr hören kann! Weil ich **Angst** habe, ihr **lasst euch scheiden**. Und weil es mir so **wehtut – jeder** Streit, jedes Wort. **In meinem Herzen!**«, schrie sie nun. Tränen liefen über ihre Wangen.

Alexander und Nora sahen sich **SCHULDBEWUSST** an.

»Aber manchmal geht es eben nicht anders, Emma!«

»Du streitest doch auch oft mit deinem Freund Gustav, Schatz.«

Emma nickte langsam. Das war wohl wahr. Streit konnte man irgendwie auch **nicht verbieten**. Das wäre, als ob man einem verbieten würde zu lachen oder zu weinen.

»Aber liebt ihr euch denn gar nicht mehr?«

»**Doch, das tun wir!**«, riefen beide im Chor. Dann blickten sie sich an und lachten. Sie lachten eine ganze Weile. Alexander wischte sich sogar eine **Lachträne** aus dem Auge. Dann wurden sie wieder ernst.

Alexander wandte sich Nora zu. »Ich würde alles dafür geben, **noch mal von vorne anzufangen**, Nora.« Er nahm ihre Hand.

»Ich auch, Alex. Ich auch.«

Da sprang Emma vom **Kirschbaum**. »**Darf ich vorstellen?** Alexander Olsen. Alexander? Das hier ist die bezaubernde Nora Olsen.«

»Oh, Sie heißen auch Olsen?«, fragte Nora und schenkte ihrem Mann ein wirklich **bezauberndes Lächeln**.

»**Was für ein Zufall!**«, lächelte Alexander zurück.

»Freut mich sehr, Ihre Bekanntschaft zu machen. Wieso haben wir uns nicht schon eher kennengelernt, Herr Olsen?«

»Ich vermute, weil wir uns einfach noch nicht

über den Weg gelaufen sind. Denn Sie wären mir **AUF JEDEN FALL** aufgefallen.«

Sie lachten.

Emma sah glücklich von einem zum anderen.

Jetzt seufzte Nora. »Ich wünschte, wir könnten wirklich noch mal von vorn anfangen, Alex!«

»**Nichts leichter als das!**« Emma hob die Arme in die Höhe. »Ich bin ja Richterin. Und eine Richterin darf auch Leute verheiraten, **stimmt's?**«

»Davon hab ich noch nie gehört. Du, Schatz?«

»Ich auch nicht!«

»Und seit wann bitte bist du **eine Richterin?**«

»Das tut jetzt nichts zur Sache.«

»Darf eine Richterin **verheiraten?** Und wir sind doch eigentlich auch noch verh...«

»**Ruhe auf den billigen Plätzen!** Die Kinderrichterin des Kindergerichts darf das! Da ist nichts dran zu rütteln. Und deshalb und weil man sich **nach einer Fast-Scheidung** noch einmal ein Versprechen geben sollte, möchte ich euch auch **noch einmal verheiraten**.«

Emmas Eltern tauschten einen verwunderten Blick.

Da streckte noch jemand seinen Kopf aus den unteren Zweigen.

»**Und wer ist das?**«, fragten Nora und Alex verblüfft.

»Das ist meine Frau Honig. **Mein Kindermädchen**. Sie ist von der V... Wie heißt das noch mal?«

Frau Honig schwang sich vom Ast und kam neben Emma zum Stehen. Auf ihrem Kopf thronte **ein kleines rotes Eichhörnchen**. Sie streckte Emmas Eltern die Hand entgegen. »Honig. Elsa Honig, die **VFFBDAEBADRL** schickt mich.«

»Aha«, sagten Nora und Alexander, aber man merkte ihnen an, dass sie keine Ahnung hatten, wovon dieses Kindermädchen sprach.

Frau Honig lächelte. »**VFFBDAEBADRL. Die Vermittlungsstelle für Familien, bei denen alles ein bisschen aus dem Ruder läuft.**«

Emmas Eltern nickten schuldbewusst. »Und wie lange werden Sie bei uns sein?«

Frau Honig wiegte ihren Kopf hin und her. Kniff die Augen ein wenig zu und sah prüfend von Nora zu Alexander Olsen. »Ich denke, nicht mehr lange. **Wir haben es bald geschafft.**«

»Da das jetzt geklärt ist: Wir treffen uns in einer Stunde **unter dem Kirschbaum zur neuen Vermählung!**«, rief Emma und hüpfte in die Luft vor Freude.

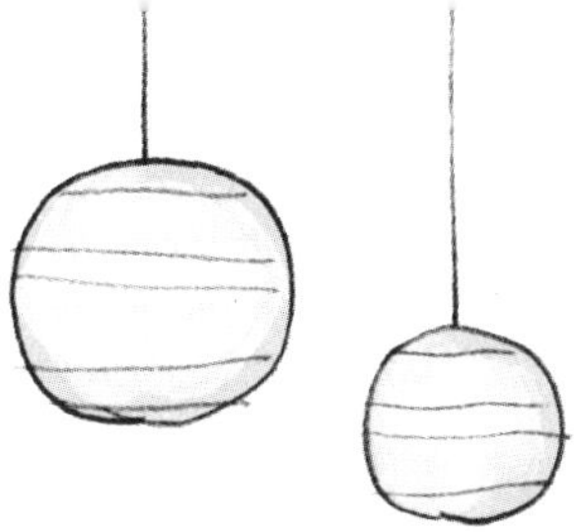

Eine Stunde später stand eine kleine Bank unter Emmas Baum. **Alle Nachbarn** lehnten sich über die Gartenzäune. Frau Friedl hatte sogar ihre Klittelschürze gegen ein luftiges Sommerkleid ausgetauscht, was Herrn Hildebrandt, durch ein **quadratisches Heckenfenster** spähend, sofort aufgefallen war.

Emmas Eltern waren im Haus konfus hin und her gelaufen, hatten im Kleiderschrank **panisch** nach Kleid und Anzug gewühlt, dabei waren sie immer wieder **lachend ineinandergelaufen**. Dann machte sich Alexander auf die Suche nach seinen Socken.

»Schatz? Wo sind denn meine …?«, rief er von unten.

»Die hängen **an der Lampe im Wohnzimmer!**«, antwortete Nora von oben.

Es dauerte nicht lange, bis Alexanders **er-**

stauntes Gesicht in der Tür auftauchte. »Wieso hängen meine Socken an der Lampe?«

Nora biss sich auf die Lippen, um sich ein Lachen zu verkneifen.

»Ich dachte, du lässt sie abends **absichtlich** überall im Wohnzimmer liegen, damit ich sie am nächsten Morgen **an die Lampe flitzen** lassen kann.« Sie grinste ihren Mann schief an.

Der lachte laut los.

Dann hörten sie **MUSIK** von draußen. Herr Steinle spielte auf seiner Geige. Und die Kinder der Familie Meier hatten ihre **Blockflöten** geholt. Sie versuchten, der **Melodie des Geigenspiels** zu folgen.

Da trat das Brautpaar aus der Haustür.

»**Aaaah!**«, machten die Umstehenden.

Da Alexander es nicht geschafft hatte, die Socken rechtzeitig von der Lampe zu holen, hatten sie beide beschlossen, **barfuß** zu bleiben. Nun traten sie Hand in Hand in den Garten.

Emma **strahlte** über das ganze Gesicht.

Frau Honig räusperte sich. Dann begann sie ihre Rede: »**LIEBES BRAUTPAAR, verehrte Gäste**. Man kann einen Streit unter den Teppich kehren. Dann ist er auf jeden Fall erst einmal weg. Aber irgendwie liegt er immer noch unter diesem Teppich. Und wenn der Teppich mal abhebt, um zu fliegen, oder man ihn anhebt, weil man etwas Verlorenes sucht, dann kommt er **hoppladihoppo** mit einem Wusch wieder unter dem Teppich hervor. Und da ist er dann wieder. In seiner **ganzen Heftigkeit**. Darum ist es besser, einen Streit auszudiskutieren. Nicht wahr, Emma?« Emma nickte nachdenklich. Und Frau Honig fuhr fort. »Und bevor ihr alle **bösen Worte** einfach hinunterschluckt: Das ist **auch keine Lösung**. Denn sie werden in euren Mägen nicht aufhören, sich zu ärgern und sich **gegenseitig anzuschreien**. Dadurch verursachen sie **schlimme Magen-**

schmerzen. Aber jetzt zum eigentlichen Grund unserer Zusammenkunft.«

Emma räusperte sich, genauso wie es eben Frau Honig gemacht hatte. »Nora Olsen, nun frage ich dich: Willst du den hier anwesenden Alexander Olsen noch einmal ganz neu und von vorn zu deinem Mann nehmen?«

Nora nickte wild mit dem Kopf.

»Du musst **JA** sagen!«, flüsterte Alexander seiner Frau zu.

»**Jaaaaa!**«, rief sie laut aus. Die Zuschauer kicherten.

»Und Alexander Olsen«, fuhr Emma fort, »willst du die hier anwesende Nora Olsen noch einmal ganz neu und von vorn zu deiner Frau nehmen?«

»**Ja klar, das will ich!**«, rief Alexander aus und küsste seine Frau. **»HALT!«**, schrie Emma und machte ein ernstes Gesicht. »Ich hab noch nicht gesagt, dass ihr euch küssen dürft!«

»**Oh, Entschuldigung, Euer Ehren**, also Frau Richterin!« Die beiden grinsten und konnten sich ein Lachen nicht verkneifen. Abwartend blickten sie zu Emma.

Die atmete einmal tief ein und aus und verkündete:

»Und nun: **Küsst euch!**«

Die Umstehenden jubelten und klatschten, als sich das **Noch-einmal-neue-und-von-vorne-Brautpaar** küsste.

Frau Honig wandte sich ebenfalls dem Paar zu. »Tage mit **Streit** und **Zank** nennt man **Gewittertage**. Und kommt ein **Wind** und bläst die **Gewitterwolken** weg, nimmt er auch den **Streit** und die bösen Worte mit. Darum gilt: **Wenn eine Gewitterwolke im Anflug**

ist …«, Frau Honig breitete die Arme aus, »… **tanzt in ihrem Regen!**«

In diesem Moment donnerte es. Über der Hochzeitsgesellschaft hatte sich eine **dicke graue Regenwolke** gebildet. Und als hätte sie nur auf Frau Honigs Worte gewartet, begann es nun **wie auf Knopfdruck** zu regnen. Die Gäste flohen und suchten Schutz unter dem Kirschbaum.

Nora und Alexander waren mittlerweile schon ganz durchnässt. Sie standen noch immer draußen **unter der Wolke**. Schüchtern sahen sie sich an. Dann nahm Alexander Nora in den Arm und die beiden tanzten.

Emma blickte Frau Honig mit einem strahlenden Lächeln an. Dann fasste sie nach ihrer Hand und drückte sie fest. »**Danke!**«, flüsterte sie.

»Das ist nur der Anfang. **Ein Neuanfang**. **Eine Chance**. Was deine Eltern jetzt daraus machen, ist ihre Sache!«

Frau Honig zog **einen kunterbunten Regenschirm** aus den Zweigen des Kirschbaums und reichte ihn Emma.

»Ich brauch keinen Schirm. Ist doch **nur Wasser**«, meinte das Mädchen und wollte ihn Frau Honig wieder zurückgeben.

»Dieser Schirm schützt nicht nur vor Regen. Er schützt an **Gewittertagen** vor **Wortgefechten**. Du musst ihn dann nur aufspannen und schon schirmst du sogar den **heftigsten Streit** von dir ab.«

»Das heißt, es kann auch **wieder losgehen** mit den **Gewittertagen?**«

»Ganz ehrlich? Ja. Aber **solange man herumfliegende Socken in Liebe und Spaß umwandeln kann, ist alles gut!** Und eines steht fest: Es wird vermutlich keine **Streitereien** mehr über **Geschirrspüler**, offene **Schranktüren, Zahnpastatuben** und **Unpünktlichkeit** geben.«

»Stimmt. Die fallen schon mal weg.«

»Und hier ist dein persönlicher **Gewittertage-Plan**. Da trägst du für jeden **Sonnentag** eine Sonne und für jeden **Gewittertag** eine kleine **Gewitterwolke** ein. So könnt ihr aufpassen, dass **DIE SONNENTAGE überwiegen**.« Frau Honig übergab Emma einen Zettel mit vielen Kästchen darauf. In fröhlichen Buchstaben stand Gewittertage darüber. Emma nickte.

»Aber Caruso wird doch mit Ihnen gehen. Wenn der meinen Papa nicht nervt, wird der wieder **unpünktlich** werden.«

Frau Honig blickte nach oben in den Baum. Emma folgte ihrem Blick.

»**Keine Sorge**. Frau Meise scheint da was auszubrüten.«

»Ein **Kuckucksei** vielleicht?«, fragte Emma verschmitzt.

»Schon möglich. Pünktlichkeit dürfte also für deinen Papa **kein Problem** mehr sein. So ein Kuckuck kann nämlich **ganz schön hartnäckig** werden.«

»Was Sie nicht sagen!« Emma lachte glücklich und umarmte das Kindermädchen fest.

Dann sahen die beiden gerührt zu, wie Emmas Eltern **IM REGEN TANZTEN**.

Am nächsten Tag zog Emma wieder in das Nord-Haus zu ihren Eltern.

Frau Honig blieb noch ein bisschen. **Ihr gefiel es im Kirschbaum**. Außerdem wollte sie den Bienen noch ein paar **gewitterfreie Tage** gönnen, und Caruso konnte sich einfach nicht von Frau Meise trennen. Die beiden waren inzwischen **ein Herz und eine Seele**.

GEWITTERTAGE

MONTAG	DIENSTAG	MITTWOCH	DONNERSTAG

FREITAG	SAMSTAG	SONNTAG

Bohlmann, Sabine:
Frau Honig und die Geheimnisse im Kirschbaum
ISBN 978 3 522 50791 2

Gesamtausstattung: Joëlle Tourlonias
Innentypografie und Satz: Tanja Haaf
Reproduktion: DIGIZWO GbR, Stuttgart
Druck und Bindung: Livonia Print, Riga

Blumenstraße 36, 70182 Stuttgart

Bei Fragen zum Produkt: service@thienemann.de
7. Auflage 2026

www. thienemann.de

Mit Frau Honig durchs Wochenende

Sabine Bohlmann

Frau Honigs zauberhafte Tipps fürs Wochenende

224 Seiten · Broschur
ISBN 978-3-522-50743-1

Und was machen wir am Wochenende? Diese Frage ist mit Frau Honig im Handumdrehen beantwortet! In diesem Buch gibt es jede Menge wertvolle Tipps, wie man mit der ganzen Familie kreative Wochenenden gestalten kann, ohne viele Kosten und Mühen. Vom „Repariertag“ bis zu einem Ausflug mit der Zeitmaschine ... Mit Frau Honigs Ideen und Anregungen ist alles möglich!

Pferdegeschichten mit einem magischem Twist

Judith Weber

Die Schule der Herzenspferde 1: Cosmo & Toni

144 Seiten · Gebunden
ISBN 978-3-522-50806-3

Herzenspferde 2
ISBN 978-3-522-50848-3

Herzenspferde 3
ISBN 978-3-522-50959-6

Einhörner? Drachenpferde? Gibt es nur im Märchen, denkt Toni. Bis sie auf die Kirschbaumschule wechselt und erfährt, dass es magische Pferde wirklich gibt. Zwischen Heuduft und Hufgeklapper lernt Toni alles über Zauberpferde. Als Feder und Cosmo an die Schule kommen, soll einer von ihnen Tonis magischer Begleiter werden. Toni ist sicher: Feder ist ihr Einhorn! Doch ganz sicher weiß man das erst, wenn sich die Tiere verwandeln. Bis es so weit ist, sorgt Cosmo dafür, dass Tonis Leben ganz schön durcheinandergewirbelt wird. Und plötzlich ist sich Toni nicht mehr sicher, wer ihr magischer Begleiter wird.

Lieblingsbücher fürs Leben.
www.thienemann.de

PLANET!